O Criador de Gorilas

Roberto Arlt

O Criador de Gorilas

Tradução de Fabio B. Pinto

coragem

El criador de gorilas, de Roberto Arlt.
Obra editada en el marco del Programa Sur de Apoyo a las Traducciones del Ministerio de Relaciones Exteriores, Comercio Internacional y Culto de la República Argentina.
Obra editada no âmbito do Programa Sur de apoio às traduções do Ministério das Relações Exteriores, Comércio Internacional e Culto da República Argentina.

www.editoracoragem.com.br
contato@editoracoragem.com.br
(51) 98014.2709

Programa Sur

Produção editorial: Thomás Vieira.
Tradução: Fabio B. Pinto.
Preparação e revisão da tradução: Pedro S. Gediel.
Revisão dos paratextos: Luíse Fialho.
Capa e ilustração: Cristiano Castro.

Porto Alegre, Rio Grande do Sul.
Inverno de 2022.

Dados Internacionais de Catalogação na Publicação (CIP)

A725c Arlt, Roberto
O criador de gorilas / Roberto Arlt; Prefácio de Silvia Cobelo; Tradução de Fabio B. Pinto. - 1.ed. - Porto Alegre: Coragem, 2022.
192 p.

Título original: El criador de gorilas
ISBN: 978-65-996064-5-8

1.Contos - Literatura argentina. 2. Literatura hispano-americana. 3. Literatura argentina. 4. Contos argentinos. 5. Contos africanos. I. Cobelo, Silvia. II. Pinto, Fabio B. III. Título.

CDU: 821.134.2(82)-34

Bibliotecária responsável: Jacira Gil Bernardes - CRB 10/463

Agradecimento especial ao Mauro e à Camila, que, em distintos momentos, viabilizaram a realização deste projeto.

O editor.

Sumário

Prefácio

As mil e uma noites de Roberto Arlt, por Silvia Cobelo[1]

Amigo leitor, escolha seu lugar de leitura preferido, imagine um divã suntuoso sobre tapetes macios de seda e, se chegar a preparar um chá de menta, poderá até sentir o inebriante aroma das árvores cítricas e os sons dos instrumentos orientais ricamente descritos por este singular autor argentino, um dos mais importantes do século XX. Temos agora o privilégio de ler a primeira tradução em português brasileiro do último livro escrito por Arlt, fulminado por um ataque cardíaco aos 42 anos, em 1942.

Fabio Pinto, que já se aventurou com muito êxito a adaptar o *Quixote*, em 2005, resolveu encarar mais um desafio e nos propor-

1 Doutora e mestra em Literatura pela FFLCH-USP, especializada em Estudos da Tradução e da Adaptação de Cervantes. Faz parte do grupo de pesquisa GREAT, da mesma faculdade.

ciona uma oportunidade inédita: apreciar a inusitada prosa deste cronista portenho, filho de imigrantes europeus e que, apesar da pouca instrução formal e do passado como cronista de um jornal popular, hoje é colocado lado a lado com Jorge Luis Borges, Julio Cortázar e Ricardo Piglia. Lendo estes contos, percebemos a razão disso: Arlt sabe contar histórias. Neste livro, embrenha-se de vez na mais profunda noite oriental, em meio a uma hipnose de *kif*, haxixe e ópio, e sua viagem a Tânger e a Tétouan se estende pelo Oriente e chega ao Ceilão.[2]

Assim como em Cervantes (e Borges, e outros), você, leitor, terá que lidar com vários narradores não confiáveis. Também terá que ler alguns de seus comentários desagradáveis, em termos que foram deixados aqui exatamente como publicados em 1940: crus, preconceituosos, violentos, racistas. Exatamente por isso, exaltamos e agradecemos ao Fabio pela coragem como tradutor para encarar esta obra, em alguns trechos, até problemática – a tentação de amenizar a linguagem ou suprimir certos trechos insultuosos à população negra e não-europeia deve ter sido realmente muito forte. Afinal, estamos lendo este livro no Brasil, um país com grande população de ascendência africana. O tradutor entende que esse incômodo deve ser mantido, e o resultado nos leva a concordar com ele. Além de respeitar a obra, a tradução também demonstra respeito com o leitor, que pode apreciar a narrativa sem censuras nem paternalismos, muito próxima à versão lida até hoje pelos milhões de leitores do livro em espanhol, isto é, de igual para igual, sem filtros. E o melhor: sem muitas notas. A tradução traz apenas algumas notas de rodapé sobre termos deixados em árabe pelo autor ou re-

2 Atual Sri Lanka.

ferentes a algo muito específico, deixando a leitura fluir agradavelmente, quase sem interrupções.

Arlt começou com reportagens policiais e era excelente em criar crônicas jornalísticas que cobriam um universo ignorado pelos grandes jornais argentinos nos anos 1930, ou seja, o submundo portenho, os círculos de operários e toda a efervescência dos imigrantes e suas ideias revolucionárias. Ao chegar na Espanha, se depara com a eclosão de uma guerra civil, passa a escrever crônicas antifascistas e contra o clero (as mais radicais não puderam sequer ser publicadas) e resolve ficar entre Tétouan e Tânger, que continha uma zona internacional administrada por franceses, britânicos e espanhóis – além do sultão marroquino. Ao reproduzir uma época dourada da Península Ibérica, esse contexto possibilitou que Arlt convivesse, assim como acontecia em menor proporção em sua cidade, com cristãos, judeus e muçulmanos, e que constatasse ter a mesma atração mesclada com desprezo causada pelo diferente, pelo outro.

Mulheres são as protagonistas de cinco histórias em *O criador de gorilas*. Minha preferida é "Rahutia a bailarina", na qual ecoa a história da pastora Marcela, uma heroína de Cervantes, igualmente acusada de destruir corações e provocar um suicídio ao qual "deu de ombros", pois "os homens eram loucos. Sofriam quando eram felizes por medo de perder a felicidade. Ela não se prenderia jamais a ninguém". "Ódio de outra vida" é um conto bem místico. Pensativo, Fernando é surpreendido por um mago – Tell Aviv, "doutor em ciências ocultas" –, que o recebe num aposento cujo teto era "abobadado como o dos salões da Alhambra", e embarca numa viagem algo psicodélica para descobrir o motivo do ódio recíproco sentido em seu casamento. E temos a descrição de um mundo encantado: "árvores de casca lisa e dura que com a luminosidade pareciam cobertas de escamas de cobre oxidado", um leito de rio "semeado de penhascos e suas águas quebravam nas margens em flechas de cristal". Esse é o único conto que termina em Buenos Aires, e de maneira bem portenha – dá quase para ouvir o lunfardo, algo como uma gíria da época. O conto de Zobeida traz um Oriente em turbilhão sensorial: "O ar cheirava ao mesmo tempo a sândalo, a jasmim, a incenso e a flor de laranjeira. Piter se sentia embriagado de uma essência misteriosa mais sutil, que parecia flutuar permanentemente sob o volume dos odores imediatos". Logo depois, o homem prova um bombom, oferecido em caixa de prata: "Tinha cheiro de almíscar, sabor de gordura, frieza de menta".

Outra história com humor picaresco, e semelhante a uma anedota conhecida no Brasil, que envolve diferentes personagens e objetos contrabandeados, é "O homem do turbante verde". Abdalá el Susi passa por "piedoso crente", rouba joias de "uma gorda e estúpida turista americana" e é irônico sobre "as lutas de nacionalistas e moderados" da época: "Não tinha sentido mudar de amo. Chegada a hora, todos golpeavam na cabeça com a mesma frieza. O importante era viver e viver sem fazer nada, sob esse belo céu africano". "Os bandidos de Uad-Djuari" é um conto divertidíssimo, mas não posso estragar a surpresa da leitura. Portanto, adianto apenas que hoje existem muitas peças de teatro estruturadas da mesma forma. Arlt conta a aventura de um casal intrigado por um menino que, ao contrário de outros, não vinha oferecer "violões de casco de tartaruga (tartaruga sintética fabricada na Alemanha), nem carteiras mouriscas, bordadas à máquina na Catalunha, nem punhais com lendas do Corão gravadas nas Vascongadas, nem cigarreiras estampadas em Paris" – cena fácil de identificar em qualquer visita turística e que Arlt correlaciona com "numerosas pessoas abastadas que visitam Marrocos [...] inclinadas a ideias românticas".

Vários contos tratam de vinganças (algumas com resultados reversos) com detalhes espantosos, muitos seguramente recriados ficcionalmente após longas conversas com centenas de guias – verdadeiros intérpretes poliglotas – que vivem até hoje nas portas das medinas, dispostos a passear com estrangeiros pelos seus labirintos, o *cashba* e suas riquezas sensoriais, e contando mil e uma histórias maravilhosas enquanto despejam chá de menta e seu aroma. Um deles é "Lembre-se de Azerbaijan", com um final preciso como uma adaga afiada para degolar um carneiro. Em "A corrente da âncora", temos um suspense crescente e apavorante, pois o leitor vai se dando conta do desfecho violento e talvez até tente retardar o passo só para não ler o final.

No "Acidentado passeio a Moka", a tradução segue de perto o texto de Arlt e consegue preservar sua poesia: "seus vales se carregaram de névoas violetas, seus montes esculpidos em blocos de veludo violeta, e de repente, pelo rosto do nobre ancião, rolaram duas lágrimas, a que o reflexo vermelho do Atlântico deu a aparência de lágrimas de sangue". Logo depois, a história se transforma como mar revolto e o narrador termina com a seguinte frase: "Então, à vista da praia, entrei na floresta e me pus a chorar como uma criança. A selva era terrível".

Encontramos narrativas desesperadoras, como os "Os homens feras", em que uma personagem, assim como Dr. Jekyll e seu alter ego, Mr. Hyde, ao pensar em se matar, "não queria destruir o homem que carregava em si, mas a fera despertada nele". Ou sinistras, como "O caçador de orquídeas", em que um menino que tinha um *djin*, ou gênio, é "alugado" pelo tio a dois primos latino-americanos – sendo um deles o narrador –, com consequências inesperadas. Outro conto de terror é "História do senhor Jefries e Nassin, o Egípcio", na qual o próprio Juan Jefries, ex-cônsul de Tânger, reconta o terrível drama obscuro que viveu lá e relata atos horripilantes aos amigos logo após assistirem o filme *A múmia*, com Boris Karloff, provavelmente numa pizzaria em Buenos Aires.

Ao ser perguntado sobre sentir algo de Cervantes em Arlt, Fabio responde que talvez se aproximem na "vontade de ser lidos, de chegar ao maior número possível de leitores", e recorda que o clássico espanhol é escrito numa linguagem popular, picaresca... E é verdade. Arlt também é o rei do popular, uma espécie de Nelson Rodrigues[3], com sua crítica mordaz e descarada da sociedade, e revelador das mais obscuras verdades. Ele traduz o mundo e suas nuances "num castelhano acessível", como diz o narrador de "Exercício de artilharia", o conto que descreve o aspecto de um coronel espanhol como "de um mico triste". Também perguntei a razão de sua agência como tradutor e por que escolheu verter exatamente esta obra ao português. A resposta foi: "Tudo que Arlt escreveu é bastante original, mas *O criador de gorilas* vai além, é uma incursão arriscada [...] Talvez seja a mistura de estranhamento radical, clichês e violência o que me encanta nesse livro. E a coragem de Roberto Arlt em fazer essa mistura". A coragem é também desse tradutor por seu trabalho honesto, do editor por acreditar no excelente resultado e pela qualidade desta edição, e também sua, querido leitor, por confiar em seus instintos e se deixar levar pelas delícias incomparáveis da literatura, desta vez por meio de um exemplar da nata dos clássicos argentinos do século XX.

---

3 Assim como Nelson Rodrigues, Arlt também escreveu peças de teatro exitosas, como *Saverio, el cruel* (1936) e *La isla desierta* (1937), encenadas recorrentemente em vários países.

Os quinze contos são curtos e enxutos, herança da tradição árabe com pitadas da atividade jornalística. Seis deles são como aquelas bonequinhas russas, começando com um narrador contando uma história narrada por outro, e assim por diante, criando uma expectativa que dura até chegarmos ao ponto final. Descubra quais são e divirta-se: são todos uma delícia de ler.

Nota do tradutor

Acredito que esta primeira versão em português dos contos africanos de Roberto Arlt mantém as características desafiadoras e a ousadia formal e temática do original. Arlt tem uma relação muito particular com a língua espanhola. Como ele mesmo frisou em algumas de suas *aguafuertes*, não há em sua escrita compromisso com a norma culta. Para traduzi-lo, portanto, ou se assume o mesmo descompromisso ou se comete o erro de descaracterizar o estilo do autor. Optei, como o leitor poderá testemunhar, pela primeira opção. Digo isso pois, se algumas estruturas frasais, adjetivos, interpolações e usos inesperados de sinais de pontuação parecem extravagância ou desleixo, é porque, em certos casos, são isso mesmo, e assim foram mantidos. É nessa liberdade, bem como nas descrições e caracterizações insólitas de lugares e personagens, que reside boa parte do diferencial da obra e do estilo de Arlt em relação a outros autores.

Para terminar, devo agradecer a várias pessoas que colaboraram, de diversas formas, na realização deste livro. Vai então meu muito obrigado à professora Ayelén Medail, pela assessoria vocabular e cultural; ao Thomás Vieira e ao Pedro Gediel, por encararem o projeto não só como editores, mas como parceiros de aventura; e especialmente à Silvia Cobelo, pelo incentivo, pela amizade, e, claro, pelo generoso prefácio, e ao Luís Augusto Fischer, pela interlocução de longa data e pelo texto das orelhas.

A feitoria de Farjalla Bill Alí

Os que me conheciam, quando souberam que ia trabalhar no criadouro de gorilas de Farjalla Bill Alí, deram compassivamente de ombros.

Eu já não tinha escolha. Havia sido expulso dos mais importantes comércios de Stanley. Em alguns lugares me chamavam de ladrão, em outros de bêbado. Meu último amo, ao esbarrar comigo na entrada do mercado, disse, comentando ironicamente minha determinação:

"Não vais endireitar o rabo de um galgo nem que o deixe vinte anos metido num cano de espingarda".

Dei de ombros diante do pessimismo que emanava do provérbio árabe. Que poderia fazer? Na África se morre de fome não só no deserto, mas na mais densa e barulhenta das selvas. Onde floresce a manga ou ri o chimpanzé, quase sempre também se esconde a flecha venenosa.

Na feitoria de Farjalla Bill Alí trabalharia como guarda-livros. O canalha não explorava só um lucrativo criadouro de gorilas, mas também um centro de adestramento de jovens elefantes.

Ali eram ensinados a trabalhar. O mercador tinha ótimos lucros com a venda de elefantes domesticados e gorilas. Dispunha de várias léguas de selva e de numerosos rebanhos de escravos. Como estes eram muito torpes para se dedicarem à educação dos elefantes, eram usados para trabalhos penosos. As negras, na fábrica, geralmente serviam como cuidadoras dos gorilas órfãos, pois os macacos adultos morriam de tristeza ao se verem privados de liberdade. Os gorilas recém-nascidos e órfãos requeriam extraordinária atenção para serem alimentados, porque, com seu olfato delicado, notavam a diferença entre suas mães e as negras. Além disso, as pequenas bestas são terrivelmente ciumentas e não toleram que a escrava amamente seu próprio filho. Como Farjalla Bill Alí não dava particular atenção a esse detalhe, uma negra chamada Tula, que trouxe seu pequeno ao criadouro, viu, sem poder fazer nada, o menino ser estrangulado pelo gorila que estava sob os cuidados dela.

Aquilo foi o começo de um drama. O pai da criança, um negro que trabalhava no cais da cidade, ao saber que seu filho havia perecido nas garras de um gorila, apareceu no criadouro, pegou o animal por uma perna e cortou sua cabeça. Satisfeito com a façanha, apareceu com a cabeça do gorila no porto.

Farjalla Bill Alí logo foi informado do prejuízo que havia sofrido. Dirigiu-se ao cais. De longe se via a cabeça do macaco, colocada sobre uma pilha de fardos de algodão. Farjalla surgiu "como a ira do profeta", segundo uma testemunha. Não disse uma palavra, sacou sua grande pistola e descarregou na cabeça do marido de Tula todas as balas do disparador. Na condição de capataz de outro comerciante, também fui testemunha do crime. O negro ficou praticamente sem cabeça. No processo que se seguiu, Farjalla foi absolvido. As testemunhas declararam falsamente que o árabe teve que se defender de uma agressão do negro. Uma dessas iníquas testemunhas era eu. Meu patrão, que na época estava interessado na compra de presas de elefante, havia vinculado seu capital à empresa de Farjalla, e me obrigou a declarar que o negro havia tentado atacar o árabe com um facão. Durante o processo, a cabeça do gorila decapitado figurou como uma importante evidência da defesa.

Desnecessário dizer que no decorrer da instrução da causa Farjalla Bill Alí não esteve um só dia preso. É hora, pois, de apresentar o personagem principal da história.

Farjalla Bill Alí era um canalha nato. Tinha antecedentes e não podia desmenti-los. O avô de sua mãe havia sido enforcado no mastro de uma fragata por ser traficante de escravos. O pai de Farjalla foi assassinado por um mercador. A mãe de Farjalla se dedicou bastante tempo ao tráfico de ébano vivo. Um elefante enfurecido a matou com suas presas durante a sesta. Farjalla seguiu no ofício.

Era um congolês alto, magro, de nariz ganchudo. Pertencia ao rito muçulmano. Ornamentava sua cabeça um turbante de musselina amarela, e ninguém jamais o viu desprovido de seu grosso chicote. Açoitava igualmente brancos e negros. O certo é que quando um branco chegava ao ponto de trabalhar para Farjalla, havia alcançado a mais completa degradação. Depois da feitoria, só o presídio.

Ele conhecia meus antecedentes. Quando me apresentei a Farjalla para pedir trabalho, ordenou que me entregassem uma garrafa de uísque e me mandou embora dizendo:

– Vá se embebedar. Depois conversaremos.

Estive três dias bêbado. No quarto, uma chuva de pontapés nas costelas me despertou. Levantei dolorido, enquanto o velhaco me perguntava:

– Vais dormir até o dia do juízo final? Venha ao armazém. É hora de você ganhar o seu pão.

Foi assim que comecei em sua feitoria. Mas nossas relações não podiam correr bem. Um dia em que saímos pelo rio próximo às chamadas "corredeiras de Stanley" para buscar um carregamento de marfim, depois de adquirirmos a mercadoria e enquanto os "caçadores" wauas, em suas pirogas, faziam à nossa volta um simulacro de dança náutica, Farjalla quis se apoderar à força de uma escrava que eu havia trocado por uma pistola automática. Farjalla alegava que eu não podia adquirir nenhuma espécie de mercadoria enquanto estivesse sob suas ordens. Alegou ainda que se os caçadores haviam me vendido a escrava, era em razão do prestígio dele, Farjalla. Evidentemente, o negro agia de má-fé. Eu era um branco, e à minha compra da negra não se podia opor nenhum direito. Então Farjalla, irritado, me respondeu que jamais toleraria que a negra vivesse na feitoria. Respondi que de modo algum pensava em levar minha escrava ao seu antro. Quando pronunciei essa última palavra a irritação de Farjalla aumentou a tal ponto, que, inclinando-se sobre mim, e antes que eu pudesse adivinhar sua intenção, me cuspiu na cara. Deus dos deuses! Saltei sobre ele disposto a arrebentar seus ossos, mas Farjalla me deu um chute tão forte na boca do estômago que caí desmaiado no fundo do barco.

Quando acordei dos efeitos do golpe, da aguardente de banana e do cansaço, minha escrava tinha desaparecido. Me encontrava agora demitido e ignominiosamente espancado.

Os negros me olhavam com ironia. Compreendi que estava perdido se não me reconciliasse com Farjalla Bill Alí.

Engolindo meu ódio, com sorriso nos lábios e coração traiçoeiro, me dirigi à feitoria. O árabe vociferava entre seus cargueiros. Mal se dignou a responder minha saudação. Entrei no escritório do armazém como se nada tivesse acontecido.

Daí em diante minhas relações com o mercador foram odiosas. Ele me considerava um escravo desprezível; eu um homem a quem a vingança um dia faria ranger os dentes.

Mas está escrito que os caminhos do perverso não levam até muito longe.

Poucos dias depois dos acontecimentos que narro, morreu na feitoria um gorila adulto que deveríamos enviar ao jardim zoológico de Melbourne. Farjalla, que por negligência atrasara o envio, mandou tudo aos diabos, e resolveu enviar no lugar do gorila um chimpanzé que estava sob os cuidados de Tula, a mulher do negro que Farjalla havia assassinado a tiros. Tula estava extremamente apegada ao pequeno macaco. O chimpanzé a seguia como um garoto travesso segue a sua mãe. Quando a viúva se inteirou de que o macaco ia ser enviado a um jardim de feras, se pôs a chorar desconsoladamente. Era coisa de ver para crer como a negra pegava o chimpanzé e alisava seu pelo e o apertava contra o peito chorando, enquanto o macaco, com expressão comovida, olhava ao redor, acarinhando com seus grossos dedos rosados e peludos as bochechas molhadas de sua mãe adotiva.

Farjalla Bill Alí era um homem a quem não enterneciam as lágrimas de um milhão de negras. Partiríamos no dia seguinte para a cidade de Stanley, e a pouco menos de duas léguas da feitoria, revelava-se um pedaço de selva dizimado pelas térmites ou formigas brancas. Lá, na clareira irregular queimada pelo sol, elevava-se uma espécie de menires de barro de cinco a sete metros de altura. Esses monumentos ocos eram os ninhos das térmites. Farjalla tinha o costume, quando morria um de seus animais exóticos, de vender o esqueleto. Em Stanley vivia um homem que comprava os esqueletos de gorilas para enviá-los a Londres. Provavelmente os esqueletos eram destinados a estabelecimentos educativos.

Para evitar o processo natural de decomposição da carne, Farjalla, de acordo com os costumes do país, levava o cadáver até a termiteira, e com uma marreta abria um buraco no ninho. Imediatamente fileiras compactas de térmites cobriam o corpo morto abandonado sobre o buraco. Em poucas horas o esqueleto ficava perfeitamente descarnado. E devo acrescentar que até poucos anos atrás os traficantes de escravos castigavam os negros muito rebeldes untando-os com mel e amarrando-os a um desses formigueiros.

Colocamos o gorila morto no velho caminhão do mercador. Em seguida a negra e o chimpanzé. Eu ia ao lado do árabe, que conduzia o caminhão. Quero deixar registrado que éramos as únicas pessoas que estavam na feitoria. Todos os empregados haviam se concentrado no Norte para caçar um casal de leões que na noite anterior havia devorado um boi. Os homens, armados com longas lanças para caçar elefantes, seguidos de suas mulheres e filhos, haviam penetrado na selva.

Saímos com o sol em direção à cidade de Stanley. Redemoinhos de borboletas multicoloridas se espalhavam pela estrada. Embora o caminhão avançasse rapidamente, sabíamos que éramos vigiados por todos os olhos da floresta. De repente, Farjalla, sem tirar os olhos do volante, disse-me:

– Procure outro amo. Não me serves.

– Certo – respondi.

Atrás de nós se ouvia o choro da negra abraçada a seu chimpanzé. Eram uns soluços abafados. Por entre umas tábuas se distinguia a mulher abraçada à besta, e o macaco, com expressão compungida, olhava ao seu redor, os olhos lastimosos brilhando. A negra acariciava a cabeça do chimpanzé, que inspecionava o rosto de sua mãe adotiva com intrigada vivacidade. Não sabia de que perigo concreto defendê-la.

– Cale essa boca! – rezingou o mercador, dirigindo-se à escrava sem olhar para ela, porque quando dirigia dava uma importância extraordinária a essa operação. Tratando de fingir submissão, disse-lhe:

– Sinto muito por não poder servi-lo.

O árabe se limitou a responder:

– Não serves nem para cortar as babuchas[1] de um vagabundo.

A negra, abraçada ao pequeno chimpanzé, havia começado outra vez a chorar. Subitamente saímos da sombra verde. Acima estava o céu. Frente à clareira queimada pelo sol, as térmites haviam levantado seus ásperos blocos marrons. No topo de alguns desses ninhos gigantes brotavam tufos de grama.

Com um ranger das ferragens parou o caminhão. Peguei a marreta e me dirigi a um formigueiro três vezes mais alto que eu. Parecia um tronco desgastado pela tempestade. A negra carregou o saco com o gorila morto, e com esforço, angustiada, se dirigiu à termiteira. Atrás dela, arqueado, olhando-nos ressentido, ia o pequeno chimpanzé.

Levantei a marreta e a descarreguei na base do formigueiro. A carapaça não cedeu. Farjalla se aproximou, eu levantei a marreta, e antes que ele pudesse evitar, dei um vigoroso chute na boca do seu es-

1 Sandália de couro ou tecido, semelhante a uma pantufa.

tômago. O mesmo chute que ele me deu no barco no dia da festa negra nas "corredeiras de Stanley". Farjalla desmoronou. Eu disse à escrava:

– Traga o gorila.

A mulher deixou cair pesadamente a besta morta junto ao traficante de escravos. Sem perder tempo, retirei-lhe o turbante, e com a longa tira de musselina amarrei-lhe os pés e as mãos. Em seguida descarreguei outra marretada na termiteira, e um pedaço de crosta cedeu definitivamente, revelando seu interior plutônico, repleto de canais escuros por onde deslizava febrilmente uma esbranquiçada multidão de formigas cinzentas.

– Ajude-me – gritei para a negra.

A escrava compreendeu. Erguendo o gorila morto amarrado ao traficante, empurramos os dois corpos sobre a termiteira. A mulher soltou alguns gritos guturais, o pequeno chimpanzé correu até ela, agarrou-se ao seu flanco segurou-lhe a mão. Ela, rindo-se, com os lábios entreabertos, ficou contemplando a fervilhante fenda da termiteira. Milhares e milhares de formigas raivosas cobriam como um lençol cinza os dois corpos. A djellaba[2] de Farjalla e o corpo peludo do gorila estavam cobertos de uma crosta movediça e cinzenta que se ajustava constantemente às formas cada vez mais desiguais daqueles corpos.

A negra e seu filho adotivo assistiam aquele final. Peguei a garrafa de uísque que tinha ficado embaixo do assento do caminhão e disse à escrava:

– É melhor que você vá e não volte mais.

A mulher, tomando apressadamente a mão do macaco, se dirigiu à floresta. Eu os vi pela última vez quando entravam por uma

2 Também chamada de *jelaba* ou *darija*, a *djellaba* é uma vestimenta tradicional marroquina, espécie de bata ou robe com mangas largas e capuz pontudo, usada para se proteger tanto do sol quanto do frio.

fresta da muralha vegetal. O pequeno chimpanzé, conduzido pela mão, voltava a cabeça para mim como um menino ressentido. Eu, escondido atrás de uns cactos, aguardava o momento de montar no cavalo que havia escondido na noite anterior. Tula afastou alguns galhos e sumiu em meio ao verde. Montei no cavalo e voltei para a feitoria para testar o álibi, enquanto isso, naquele lugar, sob o sol, ficou Farjalla Bill Alí. As formigas o comiam vivo.

Halid Majid o queimado

Pode-se começar uma mesma história de diferentes maneiras, mas não cabe começar a de Enriqueta Dogson e de Dais el Bint Abdalla senão desta forma:

Enriqueta Dogson era maluca.

Na semana em que foi viver em Tânger, saiu à rua vestida como uma moura estilizada e decorativa. Ou seja, calçando chinelas vermelhas, calças amarelas, uma espécie de saia-espartilho verde bufante e os negros cabelos soltos sobre os ombros, como os de uma mulher desesperada. Seu passeio foi um êxito. Os cachorros latiam alarmados para ela, e todos os patifes das fortificações do souk[1] a seguiam com manifestações de entusiasmo. Os cordoeiros, alfaiates e tintureiros abandonavam estupefatos seu trabalho para vê-la passar.

---

1 É um espaço de comércio popular tradicional dentro das almedinas, os centros históricos das cidades do norte da África. Também é chamado de *souq* ou *soco*.

O capitão Silver, que lambuzava telas de maneira abominável, fez um retrato de Enriqueta Dogson com aquele aspecto, e para agravar o crime, colocou atrás dela dois foragidos barrigudos, com cara oleosa de lua e lábios como fatias de melancia. Esses sujeitos, vestidos à maneira bizantina, podiam ser eunucos, carrascos ou sabe Alá o quê. Impossível determinar quem era mais louco, se o pintor Silver ou a milionária disfarçada.

Enriqueta Dogson enviou o retrato ao escritório de advocacia do pai, em Nova York. O velho Dogson, um homem razoável, riu às gargalhadas ao ver a filha empastelada ao modo islâmico, e dirigindo-se ao doutor Fancy, disse:

— De onde ela tirou semelhante disfarce? Juro, meu querido doutor, que nem buscando com uma lanterna em todos os países muçulmanos descobriremos uma só mulher que vista um traje desses. É absurdo.

Dito isso, o velho Dogson balançou a cabeça estupefato, enquanto risonhamente dizia a si mesmo que o disfarce de sua filha poderia provocar um conflito internacional. Em seguida deu de ombros. Os filhos talvez sirvam para isso. Para nos divertir com as burradas que fazem.

Quem não deu de ombros foi o ancião Faraj el Bint Abdalla.

Faraj el Bin Abdalla estava irritado.

Em Tânger não se fazia outra coisa que murmurar sobre o enamoramento de seu filho Dais pela estrangeira espalhafatosa.

Um amor com uma muçulmana é o ideal de todo europeu. Um caso com um árabe, a mais gloriosa recordação que uma garota ocidental pode ter. Enriqueta Dogson era coerente com esse ponto de vista. Era possível ver fotografias dela em companhia de Dais el Bint Abdalla. Às margens do Mediterrâneo, sobre as muralhas, recostada ao longo dos antigos canhões portugueses, com Dais el Bint Abdalla sentado melancolicamente a seu lado. Enriqueta também aparecia no palácio do ex-sultão, com o jovem Dais a seu lado; na entrada da mesquita, com o jovem Dais sentado a seus pés; num degrau do pórtico, no souk, com o jovem Dais oferecendo-lhe um ramo de rosas; sob um conjunto de palmeiras, além do "Portão do Castigo". Aquilo era simplesmente delicioso.

Realmente, ao velho Faraj el Bint Abdalla não faltavam razões para andar irritado.

O jovem Dais el Bint Abdalla havia se apaixonado. Pensava secretamente em renunciar à religião muçulmana, em trocar a djellaba, as babuchas e o fez por um correto traje europeu e um discreto chapéu e abandonar sua família para ir atrás de Enriqueta Dogson. Pensava em tais disparates secretamente e com obscuro temor, porque não havia conseguido esquecer certos versículos do Corão que em sua infância haviam lhe custado uma boa quantidade de pauladas nas plantas dos pés, e o Corão estava incrustado em sua vida, e ele não ignorava que estava aproximando sua vida de uma perigosa praia desconhecida.

O velho Faraj el Bint Abdalla o vigiava com os olhos bem abertos.

Sem perder tempo escreveu ao seu correspondente na ilha de Java, em Bali, e um mês depois recebeu uma resposta afirmativa. Podia enviar seu filho a Java. Tomaria conta dele seu amigo, o usurário Hassan. O Corão com certeza proíbe terminantemente a usura; mas isso é com os muçulmanos, e o astuto Hassan, na ilha de Java, praticava a usura não com os muçulmanos mas com os infiéis, ou seja, com os camponeses chineses e budistas. O Corão não proíbe que se lucre com os bens dos incrédulos.

O velho Faraj, recebida a resposta de Java, chamou seu filho Dais à sala das abluções de sua casa, e sentado à sua frente, enquanto o jovem permanecia respeitosamente em pé, disse-lhe:

— Sei que estás enamorado de uma vadia infiel. Pretendes que a cólera de Alá caia sobre nossas cabeças? Sabes tu o que há nos miolos de carneiro de uma mulher estranha à tua raça e à tua religião? De uma mulher que passeia seminua entre homens, mostrando-lhes suas pernas e seu rosto e bebendo como uma mula, não água, mas licores?

Dais el Bint Abdalla permanecia em silêncio, como cabe a um bom filho.

O velho Faraj continuou:

— Te enredastes como um camelo. Esquecestes a dignidade que deves a ti mesmo e a tua família e os perigos que encerra para um piedoso crente o reiterado contato com uma mulherzinha oriunda sabe Alá de que família? Faz tuas malas e prepara-te para partir para Java. Irás trabalhar na casa de meu amigo Hassan, o agiota. Mas antes de ir, vá até a casa de Hacmet e faça com que ele te apresente seu avô. E que o avô dele te mostre seu corpo nu.

Dais abriu a boca pela primeira vez, assombrado:

— Que o avô dele me mostre o corpo nu?

— Sim; que o avô dele se desnude frente a ti e te mostre o corpo. Vai-te agora. E não te esqueças. Farei com que apanhes como um escravo se alguém me informar que te viu na companhia daquela maldição de Alá.

Dais inclinou-se respeitosamente. Estava perdido. Não lhe restava outro recurso que se matar ou partir para Java. Tinha que pensar. Ah! E antes, visitar a casa de Hacmet e dizer a ele que seu pai disse que ele deveria conhecer o seu avô. Mas seu avô nu. Isso sim era algo inusitado!

O jovem Dais recuou espantado quando o velho Halid Majid terminou de se despir e, abrindo uma janela, mostrou-se na claridade do sol.

O corpo do velho estava sulcado de terríveis cicatrizes. Semelhantes a uma folhagem de pele vermelha e brilhante, estendiam-se irregularmente por todos os seus membros. Essas cicatrizes e suturas abarcavam seu rosto, seus lábios, suas pálpebras, seus braços. Era como se o corpo daquele homem tivesse passado por uma engrenagem terrível que, sem fazê-lo perder a forma humana, o tivesse dilacerado com seus dentes. Não havia uma polegada de epiderme naquele ancião que não estivesse marcada pela misteriosa tortura que lhe dava a aparência de um monstro chinês. Assim que acreditou ter sido suficientemente contemplado pelo jovem Dais, o velho disse:

— Senta-te, filho de Faraj, e escuta atentamente minha história. Essas são as desgraças que ocorrem aos muçulmanos que se aproximam das mulheres que não são de sua raça. Depois de me ouvir, o caminho do dever aparecerá reto e fácil diante de teus olhos. Me escutas, filho de Faraj?

— Sim, senhor; te escuto.

— Em nome de Alá, o Clemente, o Misericordioso: faz oitenta anos. Eu tinha então vinte anos. Meu pai me enviou à cidade de Singaragia, na ilha de Java. Não sei se tu sabes que a população da ilha é composta em sua maior parte de malaios infiéis, de chineses hediondos, e de budistas cuja indecência chega a extremos que não podes imaginar. Meu amo era um dos irmãos de meu pai. Além de negociar ninhos de andorinhas, que os chineses gostam muito, dedicava-se ao empréstimo e à compra de tecidos surrados, muito floridos, pelos quais perdem a cabeça os mais sensatos javaneses.

"Meu tio tinha sua tenda no final de uma rua em que se viam altas varas de bambu enfeitadas com feixes de penas coloridas. Por essa rua passavam nobres chineses a caminho de suas propriedades rurais, muito tesos em suas liteiras douradas conduzidas por criados. Também passavam mulheres, com metade do corpo desnudo e o rosto descoberto, conduzindo sobre a cabeça redondas bandejas de abacaxis e bananas que pareciam centopeias pelos inúmeros feixes de palmas que delas saíam.

"Estava assombrado com tudo aquilo que meus olhos viam, e nada me agradava mais que poder passear por entre as baixas montanhas pelas quais desciam como grandes degraus as planícies dos arrozais. Também frequentava as rinhas de galo, pelas quais enlouquecem os javaneses, ou me sentava em umas pedras escavadas que lá são chamadas "cadeiras de Shiva", escutando a música feita pelo vento ao passar por umas imensas harpas de bambu que os nativos dessas paragens colocam em suas plantações para afugentar os pássaros que destroçam suas colheitas.

"Não vivia senão passando de um assombro a outro. Eu também vagava pelo mercado, onde havia uma infinita variedade de infiéis, alguns com dentes laqueados de preto, outros com as cabeças raspadas, dentes limados e narizes perfurados, assim como chineses com túnicas floridas, sacerdotes em mantos amarelos, cingaleses conduzindo vacas gibosas e camponeses seguidos por seus lagartos domesticados.

"Estando uma manhã no mercado, vi uma mulher que me chamou atenção. Era alta, majestosa; seu corpo estava envolto em uma única peça de tecido florido e sua cabeça adornada por uma coroa de flores. Ia descalça, como costumam andar as mulheres daquele país, e quando me viu, apoiado na tenda de um mercador de flores, me lançou um olhar que fez meus ossos tremerem. Um mau gênio me inspirou a segui-la. Me pus a caminhar atrás dela, até que entrou em uma casa em cujo pórtico costurava roupas um pequeno alfaiate. A desconhecida, antes de atravessar o pórtico, virou-se e sorriu para mim de uma maneira tão arrebatadora, que subitamente acreditei que o dia havia se convertido em noite e que minha vida havia caído na entrada daquele pórtico.

“No dia seguinte voltei ao mercado, e na mesma hora chegou a desconhecida, que se deteve na banca de uma mulher que vendia legumes. Eu, indeciso e tímido, mantive alguma distância dela, mas logo a desconhecida me descobriu e voltou a sorrir para mim. Eu ia me aproximar dela, mas a vendedora fez um gesto para mim e entendi que ela tinha alguma mensagem para me transmitir. Quando me aproximei de sua banca, ela me disse que sua compradora se chamava Turey e que era esposa de Moana, o pequeno alfaiate. Turey lhe havia dito que gostava de mim, e que àquela noite, quando os vigilantes golpeassem os tambores de madeira anunciando a hora primeira, eu deveria me aproximar do pórtico onde ela poderia falar-me, pois naquela hora o alfaiate, cansado dos trabalhos do dia, estaria dormindo profundamente.

“Esperei ansiosamente a noite, e chegou a noite, e depois a hora primeira. Cautelosamente me aproximei do pórtico, cuja porta estava entreaberta. Turey me aguardava ali. Disse que arriscava sua reputação se atrevendo a falar comigo. Eu lhe agradava muito. Seu marido, o pequeno alfaiate Moana, pertencia à religião brâmane, mas ela não sentia nenhuma atração por ele.

"Desde aquela noite continuamos nos vendo sempre. Escurecia, eu deslizava até o pórtico que ela deixava entreaberto, e enquanto o pequeno alfaiate dormia, nós vivíamos nossa felicidade.

"Dessa maneira transcorreram alguns meses. Dizem os sábios que o prazer sacia o homem e acorrenta a mulher. Uma noite, enquanto conversávamos no pórtico, Turey me perguntou se eu me casaria com ela se seu marido morresse. Irrefletidamente respondi que sim; mas em seguida, atacado por um escrúpulo que me trouxe a lembrança de um costume bárbaro praticado naquele país, lhe perguntei:

"– Mas, diga-me, neste país, as viúvas não são condenadas à fogueira?

"– Sim – me respondeu Turey –. Algumas mulheres ainda praticam esse costume; mas só as viúvas que não querem mudar de religião; as que abandonam o bramanismo e se tornam muçulmanas não vão para a fogueira, ainda que a desonra caia sobre elas e sua família e parentes a repudiem.

"Uma escrava se aproximou dela naquele momento, interrompeu nossa conversa e eu tive que ir embora.

"Voltamos a nos ver outras vezes, e Turey não retornou mais à proposta que me fez naquela noite; certa vez, porém, cheguei ao pórtico, e ainda que o tenha encontrado entreaberto, Turey não estava. Achando conveniente aguardar, me sentei ali, e Turey não tardou em aparecer.

" – Escute-me – disse ela –. Desejava tanto viver a teu lado, que esta noite, envenenei meu marido. Ele acaba de morrer. Está lá em cima, na sua cama. Ninguém suspeitará que eu o matei, porque o veneno que lhe dei não mancha o corpo. Agora ninguém poderá me impedir de estar ao teu lado. De modo que, assim que tiverem passado alguns dias, me casarei contigo e adotarei a tua religião.

"Escutando-a, meu coração ficou secretamente aterrorizado. Jamais supus que aquela mulher fosse capaz de envenenar o inocente alfaiate. Disse a mim mesmo, racionalmente, que poderia muito bem ser o meu destino também morrer envenenado pelas mãos de Turey se o acaso pusesse no seu caminho outro homem que lhe agradasse mais do que eu. Sem conseguir me conter, não escondi minha repulsa pelo crime que ela tinha cometido. Disse-lhe que aquela era a última vez que nos víamos, e que ela não se aproximasse mais de mim, ou eu iria denunciá-la à justiça do Sultão pelo delito cometido.

"Turey escutou em silêncio minhas palavras, e eu senti que seus olhos me atravessavam o coração como adagas envenenadas. Sem saber porque, naquele momento, um medo pânico invadiu minha mente. Sem poder me controlar, me afastei correndo do pórtico. Pareceu-me que a própria sombra do pequeno alfaiate recém assassinado me ameaçava com uma morte terrível ou me alertava de algo ainda pior.

"Naquela noite, não pude conciliar o sono. Pensava que de certo modo eu era o culpado do triste fim de Moana e que no dia do Juízo Final seria chamado a prestar contas por seu terrível destino. Desperto com tão sinistros pensamentos, vi chegar o amanhecer; e quando entrei na tenda de meu tio, ele me disse:

"— Não sabes da novidade? Ontem à noite morreu Moana, o pequeno alfaiate. Sua viúva manifestou o desejo de morrer na mesma fogueira em que será carbonizado o corpo de seu marido. Realmente, essas mulheres bárbaras às vezes dão mostras de fidelidade que nem entre os crentes se encontra um exemplo tão raro.

"Se já havia me espantado o fim do pequeno alfaiate, ainda mais assombrado fiquei com o propósito de Turey. A que se propunha ao manifestar sua vontade de morrer na fogueira? Fazer com que o deus de suas crenças a perdoasse pelo mortal pecado que havia cometido?

"Mesmo jovem e insensato, adivinhava que um grave destino havia caído sobre minha cabeça. Em poucas horas, com minha conduta licenciosa, havia provocado a morte de um honesto cortador de tecidos, e agora o suicídio de sua arrependida viúva. Algum dia, indubitavelmente, o Anjo da Morte me chamaria para prestar contas de tais incidentes, e não havia terminado de jurar a mim mesmo jamais voltar a colocar os olhos na mulher do próximo quando, inesperadamente, apareceu a escrava de Turey, que, dirigindo-se a mim, disse:

"– Minha senhora manda dizer-te que de acordo com os costumes do país, seu defunto marido será queimado em uma fogueira, e que ela, como convém a uma viúva honesta, se jogará na fogueira. Pediu-me também que te diga que lhe agradaria muito ver-te no cortejo dos que irão despedi-la desta vida.

"Estremeci de horror diante do sacrifício quase inevitável. Não obstante, para amenizar meu remorso, dizia a mim mesmo que Turey, quando chegasse o momento, não ousaria se jogar nas chamas, e deixei que sua escrava se retirasse depois de prometer que cumpriria meu dever e iria vê-la morrer.

"À tarde, lívido como o morto que levavam para queimar em uma fogueira que seria acesa no bosque, me juntei ao cortejo funesto.

"Rodeada de malditos sacerdotes brâmanes e de velhas desgrenhadas, que mais pareciam feras carniceiras que seres humanos, marchava Turey com o rosto lanhado de sangrentos arranhões e os olhos inchados por um interminável pranto. Eu a olhava sem conseguir compreender como era possível que, amando tanto a vida e o prazer, ela pudesse dar a vida por um ser que matou. A seu lado, como que a protegendo daqueles que poderiam persuadi-la a não levar a cabo tão bárbaro propósito como o de queimar-se viva, iam os parentes do pequeno alfaiate, e todos a cumprimentavam por sua conduta e fidelidade aos costumes do país.

"Quando chegamos ao bosque, nós que formávamos o cortejo fizemos um círculo em volta de um monte de lenha onde arderia o morto e se suicidaria sua viúva. Eu não abandonava a esperança de que no momento extremo Turey se negaria a jogar-se nas chamas. Enquanto isso, os sacerdotes colocaram o cadáver do pequeno alfaiate sobre as tábuas encharcadas de óleo e um monge acendeu a pira. Uma rápida labareda envolveu a pequena montanha de madeira. Turey, separando-se do cortejo, se pôs a caminhar em torno da fogueira para encontrar o lugar mais baixo e entrar nela. Aproximou-se de mim. Eu ia receber sua última saudação... Horror!... De repente me senti enganchado em suas mãos e arrastado com infernal violência para o centro do braseiro. Rolamos sobre as brasas. Eu proferia gritos terríveis, tentando me livrar do abraço mortal daquele monstro, cuja vingança agora se manifestava. As labaredas lambiam meu corpo e minha túnica ardia rapidamente. De repente, os braços da horrível mulher que me mantinham preso ao fogo afrouxaram; com minhas vestes incendiadas, queimado vivo, me joguei para fora da fogueira e caí desmaiado sobre a grama do prado.

"Com que palavras te posso contar meus terríveis sofrimentos? Ó, filho de Faraj! Me submergiram em um barril de óleo, onde durante muitos dias e muitas noites acreditei que os sofrimentos acabariam por me fazer perder a razão. Meu tio, meus amigos, ninguém acreditava que eu resistiria às graves queimaduras que me desfiguravam o corpo. No entanto, pouco a pouco fui me recuperando, e ainda que o fogo da fogueira tivesse me transformado em um monstro, não pude deixar de dar graças a Alá por ter me infligido tão misericordioso castigo.

"Agora já sabes, filho do amigo de meu filho. Não busques o amor de uma mulher que não seja de tua raça, de tua cidade natal e de tua religião."

E esta, ainda que ingênua, foi a causa pela qual Enriqueta Dogson, do dia para a noite, deixou para sempre de ver o jovem Dais el Bint Abdalla, que, sem se despedir dela, embarcou para Java buscando esquecer uma paixão insensata.

Rahutia a bailarina

No arrabalde mourisco de Tetuán, na ruazinha de Dar Vomba, precisamente junto aos arcos que a cobrem dando-lhe a aparência de um subterrâneo azulado, vivia até pouco tempo Ibu Abucab, comerciante e fabricante de babuchas.

Algumas crianças, de nove e dez anos, respectivamente, trabalhavam para ele. O babucheiro era um homem de baixa estatura, morrudo, com olhos que pareciam manchados de leite e espessa barba sobre o peito.

Ibu Abucab havia repudiado sua esposa, Rahutia, quando ela tinha dezesseis anos. Suspeitava que ela, do terraço de sua propriedade, lhe traía com o vizinho Gannan, o ourives.

Entretanto, não teve oportunidade de esquecê-la. Enquanto as crianças mouras recortavam as sandálias, Ibu recordava pensativamente o denso carinho de Rahutia e suas espessas carícias. Certas imagens roíam-lhe a consciência como os agudos dentes de um rato. Era uma sensação de fogo e enlouquecimento que lhe cobria os olhos de brancas labaredas de ódio.

Rahutia, depois de refugiar-se em Fez, se dedicou à dança. Em poucos anos ficou famosa em todas as casas de chá que se encontram no caminho de Uxda a Rabbat e de Tremecen até Taza, a velha cidadela dos bandidos.

As danças dessa mulher feia eram um tremor de joelhos e crótalos[1] que exaltava os espectadores. Pressagiavam a morte e o bote da fera.

Ibu Abucab odiava sua mulher, mas a odiava de acordo com seus interesses, e foram precisamente seus interesses que o impediram de cortar-lhe a cabeça quando suspeitou dela.

Agora Ibu Abucab prosperava. Dentro de alguns anos, com a ajuda de Alá, enriqueceria, e poderia, como outros vizinhos, manter um harém. Também humilharia Rahutia.

Porém, uma noite, às dez, no momento em que se dispunha a fechar sua tenda, entrou nela um jovem. Ibu Abucab percebeu que seu visitante pertencia à aristocracia nativa, pois sua djellaba era de lã muito fina, e carregava às costas um manto com capuz revestido de seda. Uma barba fina sombreava o rosto do desconhecido, que, levando as mãos aos lábios, saudou:

— A paz esteja contigo.

— A paz.

— Tu não me conheces, mas eu te conheço. Sou irmão de El Mokri.

Ibu Abucab pressentiu que teria que tratar de um assunto grave, e se desculpou:

— Permita-me que feche a tenda, logo estarei com você.

---

1 Instrumento musical similar à castanhola, composto de dois pequenos pratos de metal que são tocados com os dedos.

E acompanhou seu visitante até a sala dos fundos.

O jovem deixou suas babuchas na entrada e, avançando descalço pelo chão atapetado, agachou-se e sentou em uma almofada. Em seguida acendeu um cigarro, e seu olhar duro passeou pela sala revestida de tapeçaria até a altura de seus ombros.

Ibu entrou novamente, e, também descalço, foi sentar-se em frente ao irmão de El Mokri. Não sabia quem era El Mokri, mas seu instinto lhe advertia que aquele jovem sentado à sua frente, fumando um cigarro egípcio, poderia complicar sua vida.

O comerciante inclinou a cabeça sobre o peito e repousou as mãos sobre a barriga. O outro disse:

— Não vou imitar os gatos que rodeiam um pedaço de peixe e miam inutilmente... Conheces El Mokri?

Ibu Abucab teve que admitir que não conhecia El Mokri.

O jovem, com os braços cruzados, reconsiderou o comerciante. Por mais que se esforçasse por ocultar o desprezo que lhe inspirava aquele homem, sua hostilidade transparecia. Finalmente exclamou:

— El Mokri morreu por culpa de tua mulher, Rahutia.

O babucheiro respondeu, friamente:

— Rahutia não é minha mulher. Faz tempo que a repudiei por causa de sua má conduta.

O jovem esclareceu sua posição em Tetuán:

— Minha irmã Fátima é a "mulett ettal"[2] do califa. Diga, com sinceridade: Por que não cortaste a cabeça da tua esposa?

Ibu Abucab acariciou, pensativamente, a barba. Então o estranho era irmão de uma favorita do califa. Aquele homem poderia lhe fazer muito mal. Respondeu com dignidade:

2 Trata-se de uma provável transcrição de رادلا ةالوم (mūlāt ed-dār), expressão que se refere a "esposas" e que significa, literalmente "senhora da casa".

— Um humilde babucheiro não pode manchar com sangue as esteiras de sua tenda.

O jovem acendeu outro cigarro e continuou, obcecado:

— Por culpa de Rahutia, meu irmão morreu. Essa coveira tem feito mal a muitos homens.

O jovem dizia a verdade, ainda que a cólera o cegasse. Prosseguiu:

— Aí está o filho de Ber, magro como um cão, e louco como um camelo quando chega a primavera. E também Alí, que desperdiçou em Tremecen o patrimônio de seu pai... Tu não me conheces, mas eu te conheço.

O comerciante pensou que poderia responder àquele energúmeno que ele não era Rahutia, mas as palavras do jovem, ao invés de ofendê-lo, despertavam o ódio doloroso enterrado no fundo de seu peito. A verdade é que agora lamentava ter deixado aquela mulher viva, quando um frasco de veneno teria simplificado tudo. O jovem, pálido de ira, continuava:

— Não é uma iniquidade que tais abominações ocorram e que a responsável por elas seja a mulher de um babucheiro?

Ibu Abucab olhou para o rosto do jovem atormentado, e experimentou piedade por ele. Replicou:

— O que posso fazer?... Acaso não a repudiei por sua má conduta?

O jovem insistiu:

— Devia ter-lhe cortado a cabeça...

Melancólico, replicou o babucheiro:

— Sim; mas não a cortei.

O jovem insistiu:

— Por que não seguiu o exemplo do piedoso Mohamet, que matou a mulher a pauladas quando soube que ela lhe era infiel?

Dogmático, replicou o babucheiro:

— O Profeta disse que não se deve bater em uma mulher nem com uma rosa.

O irmão de El Mokri replicou rapidamente:

— Cortar-lhe a cabeça é diferente.

Ibu Abucab tentou a suprema defesa:

— Estava escrito.

O visitante não se deixou intimidar pela resposta:

— Podes te gabar de ter amarrado o camelo a uma boa estaca?

Com esta frase de Maomé o jovem quebrava as pernas da enganosa teoria da Fatalidade. De fato, o Profeta escreveu que o crente não deve deixar tudo nas mãos de Alá até que se certifique de ter cumprido minuciosamente todos os preceitos que um homem precavido deve observar.

O babucheiro compreendeu que a Fatalidade ia a seu encontro. Voltou os olhos para as tapeçarias na parede, e finalmente, esvaziando o peito num suspiro, perguntou:

— O que posso fazer por teu irmão morto e pela honra de tua família?

O visitante se levantou, ajeitou o manto sobre as costas, e com os olhos dilatados, aproximando o rosto do pálido semblante do comerciante, disse:

— Convida tua mulher para que venha à tua tenda amanhã à noite... Diga a ela que um homem de Taza te ofereceu um colar de pérolas. Ela conhece pedras preciosas, e vai querer vê-lo...

O irmão de El Mokri saiu... O comerciante prostrou-se em direção à Meca, e começou devotamente sua oração:

"Em nome do Clemente, do Misericordioso..."

Rahutia, a bailarina, havia atravessado as decepções com o mesmo gesto doloroso de um guerreiro que tem as têmporas atravessadas por uma flecha.

Seu coração estava empapado de ódio aos homens.

Era uma mulher pequena, sombria e delgada, de mãos ardentes e lábios frios. Seu rosto, endurecido pela adversidade, inspirava respeito, mas quando sorria, subitamente seu alongado semblante se enchia de tanta luz e ingenuidade que fazia tremer as mãos até dos malandros mais durões. Havia dançado em Taza, a cidadela dos bandidos; conhecia todos os bebedores de chá, de Uxda a Rabbat, em Tremecen. Um cádi enlouqueceu ao perdê-la. Embora sua carreira de bailarina tivesse começado nos tugúrios de Tânger, empoleirados nas muralhas da época da dominação portuguesa, sua sensibilidade sofrida a tinha convertido em uma dançarina que fazia uivar as massas quando se apresentava nos tablados.

Qual era o atrativo dessa mulher feia? Talvez seu coração, mais seco que a areia, e um tédio carregado de versatilidade, ou seu enorme desprezo pelo dinheiro, que a tornava tão supeior e inconquistável quanto o próprio Califa, que ia todas as sextas à mesquita, seguido de um esquadrão e um cambaleante cavalo de guerra?

Esta era a mulher por quem se perdera El Mokri. El Mokri havia ido a Fez, encarregado de uma obscura missão ligada ao Sultão. Conheceu Rahutia em um cabaré, e perdeu a cabeça. Um mês depois se enforcava na casa da bailarina.

Rahutia deu de ombros. Os homens eram loucos. Sofriam quando eram felizes por medo de perder a felicidade. Ela não se prenderia jamais a ninguém.

Mas depois de sete anos voltou a Tetuán, para viver na entrada da pequena praça da rua de Attarin del Suk el Fuki. O que a atraía naquele espaço pavimentado com pedregulhos de rio?... Durante todo o dia se ouvia as camponesas do Borch disputarem com escravos negros, cujos cachos eram cobertos por redinhas de conchas marinhas. As parreiras sombreavam com seus galhos as paredes caiadas e as pedras manchadas de óleo.

Rahutia vivia ali, na entrada de um túnel, onde constantemente pairava uma crepuscular luz azul; em uma casa cuja porta de cedro era protegida por agudas pontas de ferro como a coleira de um mastim. Em frente à casa, das vigas que guardavam a rua, pendia um imenso lampião de bronze, talhado à moda mourisca. Servia a bailarina uma criada cor de chocolate, com a lua e as estrelas tatuadas na testa, nas bochechas, nas costas das mãos e nos calcanhares.

Por que Rahutia havia voltado a Tetuán? Ela mesma não tinha conseguido responder a essa pergunta. O subúrbio mouro a atraía, o toque dos pandeiros durante as noites de noivado e a tristeza da vida de todos aqueles escravos, enquanto ela não era uma escrava, estava livre, definitivamente livre...

O ex-marido, o babucheiro, não lhe inspirava curiosidade nem ódio. Era o homem que acumula dinheiro, balança parcimoniosamente a cabeça e trata de estar bem com todo mundo porque isso convém a seus interesses. Ibu Abucab, no entanto, devia desprezá-la. Jamais havia tentado se comunicar com ela. Debaixo desse silêncio, provavelmente se consumia um amor humilhado e carregado de rancor. Talvez houvesse esquecido dela, mas quando pensava que havia presenteado esse homem de olhos leitosos com dois anos de matrimônio, sua sensibilidade se crispava de arrogância e frieza. Não; Ibu Abucab não a esqueceria nunca.

Assim, naquela manhã ensolarada, não estranhou quando, depois de muitos anos, viu entrar em sua casa a velha Menana, ama de leite de seu ex-marido. A anciã, depois de cumprimenta-la e informar-se sobre um monte de banalidades, chegou ao assunto:

— Ibu Abucab deseja ver-te... Um homem de Taza deixou em sua tenda um colar de pérolas, e ele quer te mostrar, pois sabe que entendes de pedras preciosas, e ele, por sua vez, só conhece peles e babuchas.

Rahutia olhou para uma mancha de luz sobre o alto muro caiado, em seguida fixou o olhar em sua escrava, que derramava um odre de água em uma ânfora de bordas douradas, e respondeu calmamente:

— Diga-lhe que irei esta noite...

Quando Rahutia, em companhia de Ibu Abucab, passou para os fundos da loja, compreendeu que não tinha que examinar nenhum colar.

Um negro, com calças largas alaranjadas e colete verde, guardava a porta por onde ela havia entrado. Carregava um tapete enrolado no braço. Do centro do tapete saía a ponta de uma espada. Em uma almofada permanecia sentado o irmão de El Mokri. O jovem não se dignou a responder a saudação da mulher, mas, voltando-se ao babucheiro, disse-lhe:

—Tu podes aguardar lá fora.

O babucheiro saiu sem pronunciar uma palavra.

Rahutia olhou ao redor. Estava na presença de misteriosos inimigos. O negro correu a cortina da entrada, e Rahutia, depois de examinar-lhe com desprezo, perguntou:

— Não és o entregador de água que berra como uma mulherzinha todas as manhãs na frente da tenda de Alí?

O negro não respondeu. Debaixo do sovaco carregava o tapete enrolado, de cujo centro saía a ponta da espada.

O irmão de El Mokri interveio:

— Tu és Rahutia, a bailarina?

Rahutia mirou friamente o jovem:

— Não respondestes à minha saudação nem me oferecestes assento. Tua aparência é a de um cavalheiro, mas tua conduta é mais grosseira que a de um escravo.

O jovem se levantou, as bochechas ruborizadas de furor:

— Eu sou irmão de El Mokri, o homem que por tua culpa se matou em Fez. Eu te condenei, e vim cortar tua cabeça.

Rahutia avançou serenamente até uma almofada, deixou-se cair ali, levantou os olhos até o pálido semblante do jovem:

— Então tu és irmão de El Mokri? Não foste tu quem, em Tremecen, mandou colocar veneno em meu banheiro?...

— Sou eu...

Rahutia brincou com os fios de ouro enrolados em seus pulsos; então, cruzando as pernas e mostrando suas calças de seda com bordados de prata, apoiou o queixo na ponte de suas mãos entrelaçadas. Refletiu um instante:

— Faz muito tempo que me persegues. O que posso fazer por ti?

— Fazer por mim!...

— Naturalmente. Teu irmão morreu pelas próprias mãos, e tu me persegues querendo te cobrar com a minha vida. Que tipo de homem tu és?

Rahutia falava sem raiva, com a triste lentidão de uma mulher que presenciou eventos demais para ignorar que o Destino resolve as coisas quase sempre de um modo inesperado e em um minuto muito breve.

O irmão de El Mokri explodiu:

— Eu sou um cavalheiro e tu és uma hiena de sepulcros. Como te atreves a falar-me nesse tom? Não estou aqui para trocar contigo palavras inúteis. Vim cobrar com tua vida a vida de meu nobre irmão...

Uma onda de de sangue subiu às têmporas de Rahutia. Dominou sua cólera, e disse:

— Faz esse escravo sair, e te direi muitas coisas.

O jovem vacilou. Rahutia sorriu:

—Tens medo de uma bailarina.

O jovem fez um sinal para o negro, e o aguadeiro saiu com seu tapete e sua espada.

— Que tens a me dizer?

Rahutia se levantou e foi sentar junto a seu inimigo. O capuz da capa branca caíra às suas costas, e seu cabelo emoldurava com finas ondulações o rosto comprido e fino, aceso por uma chama de madura gravidade. Pôs a mão com firmeza sobre as costas do jovem:

— Eu não empurrei teu irmão para a morte. Teu irmão traía ao mesmo tempo o Califa e o Sultão. Teu irmão me encontrou quando o machado do carrasco estava muito próximo de sua cabeça. Se comunicava com Alí, o negro de Taza, agente de Abd-el-Krim. Queria fugir do Magrebe e levar-me consigo. Eu não o amava... Por que iria seguir um homem que já estava morto? Teu irmão tinha se envolvido com estrangeiros terríveis. Teu pai soube disso, e antes que o Califa lhe cobrisse de vergonha, veio a Fez e visitou El Mokri, ameaçando matá-lo com as próprias mãos se ele não o fizesse. E quando teu irmão, chapado de kif[3], se enforcou na minha casa, todos os lavadores de tigelas de Fez disseram: “A culpada é Rahutia”.

O jovem refletiu:

---

3 O *kif* ou *kifi* é o fumo extraído do broto triturado e moído da cannabis, de efeito mais concentrado e psicoativo que o cigarro comum de maconha.

—Tuas palavras são graves e surpreendentes. Que provas tens? Meu pai está morto. Meu irmão também. Os franceses fuzilaram o negro Alí. Como acreditar em ti?

Rahutia franziu o cenho.

— Eu ignorava, quando vinha para cá, que encontraria o inimigo da minha vida.

Enquanto falava, suas mãos continuavam brincando com as pulseiras de ouro.

O irmão de El Mokri sentiu-se afetado por essa calma. A bailarina o dominava a contragosto com aquela infinita serenidade.

— Estás mentindo.

— Olhe nos meus olhos.

O homem desviou os olhos de um versículo que se contorcia em ouro na tapeçaria, e os fixou na mulher.

Aquele rosto comprido, fino, que seu irmão havia beijado apaixonadamente, o perturbava. Ela estaria mentindo ou não?... Iria cair em suas garras. O atraía. Através do tecido de sua djellaba sentia a temperatura daquela mão tão ardente infiltrando-se pelo seu ser como um filtro de odiada e ansiosíssima debilidade.

Em um apelo à vontade, estrangulou a onda de emoção que lhe subia aos olhos, e, entristecido, cansadíssimo, falou como num sonho, com palavras muito pesadas:

— Que Alá me condene se és inocente...

Rahutia compreendeu que não devia esperar mais, e uma pulseira de ouro caiu de sua mão e rolou pelo tapete. O homem se levantou e correu até a pulseira, entregou-a à bailarina, e Rahutia, mais angustiada do que nunca, baixou a voz:

—Te direi algo terrível. Algo que te convencerá. Tua irmã pode dar seu testemunho.

E sua cabeça se inclinou até o ouvido de seu inimigo, que aproximou sua cabeça dos lábios da bailarina.

O braço da mulher cortou o ar como a correia de um chicote, e o jovem sentiu no coração algo como a chifrada de um bezerro. O punhal de Rahutia estava cravado em seu peito, quis gritar, mas só pôde morder a palma daquela mão ardente e perfumada que lhe amordaçava. E enquanto as sombras da morte enchiam seus olhos, ainda conseguiu ouvir aquela doce voz feminina que lhe dizia:

—Te disse a verdade..., toda a verdade...

O corpo do moribundo caiu sobre as almofadas, e Rahutia retirou a mão ensanguentada pela cruel mordida. Olhou ao redor.

Levantou uma cortininha e entrou em uma pequena sala onde havia um pequeno funcionário dormindo. Dali passou ao jardim: uma escadinha de tijolos, sem corrimão, conduzia à casa de Gannan, o ourives. As estrelas luziam como lanternas no alto do céu; as palmeiras recortavam o espaço como leques cansados.

Rahutia corria pelos terraços como um fantasma; as mulheres de outros haréns a viam passar, mas com essa solidariedade cúmplice que une todas as muçulmanas, fingiam não vê-la...

Finalmente chegou a um jardim cujos "parterres"[4] se espalhavam sobre as antigas muralhas, saltou um pequeno parapeito, desceu por uma escada, passou na frente de um soldado espanhol, e se viu na rua escura que conduz às montanhas. Com passos rápidos penetrou na sombra da África.

E foi assim que Rahutia, a bailarina, desapareceu de Tetuán.

---

4 "Canteiros" em francês.

Os homens feras

O sacerdote negro apoiou os pés no travessão de bambu do corrimão de seu bangalô, e olhando para um elefante que se dirigia ao estábulo cruzando as ruas de Monróvia, disse ao jovem juiz Denis, um negro americano recém-chegado do Harlem à Costa do Marfim:

— Na minha condição de sacerdote católico da Igreja da Libéria, deveria aconselhá-lo a não mandar enforcar o menino Tul; mas antes de me permitir interceder pelo pequeno antropófago, lhe contarei o que sucedeu a um juiz que tivemos há alguns anos, o doutor Traitering.

"O doutor Traitering era americano como você. Foi um homem correto, embora nunca tenha se destacado pela assiduidade à Sagrada Missa. Não. No entanto, tentou eliminar muitos dos bestiais costumes de nossos irmãos inferiores, e somente o senhor presidente da República e eu conhecemos o mistério de sua morte. E agora você o conhecerá.

O doutor Denis inclinou-se cerimonioso. Era um negro disposto a fazer carreira. O sacerdote acendeu seu cachimbo, encheu o copo do juiz com uma transparente aguardente de palma, e prosseguiu:

— O senhor Traitering era nativo da Flórida, e, como você, veio à Libéria nomeado pela poderosa influência de uma grande companhia fabricante de pneus. Nós sempre consideramos um erro nomear negros nascidos em terras estrangeiras para reger os destinos do país de uma maneira ou de outra, mas a decadência da borracha obriga a tudo...

O doutor negro sorriu obsequioso, e fazendo uma careta terrível ingeriu o copinho de aguardente de palma. O sacerdote continuou:

— Eu sempre sustentei que o homem de cor, estrangeiro neste país, está desvinculado do clima da selva e da terra. E quando menos espera, está encantado pela engrenagem do mistério bestial que o demônio colocou em todos nós, sempre perseguindo a alma animal destes pobres selvagens.

O doutor Denis voltou a sorrir com obsequiosa máscara de chocolate, e o sacerdote, servindo-lhe outro copinho de aguardente de palma, prosseguiu seu relato:

— Há cerca de sete anos ocorreram numerosos desaparecimentos, que, com razão, presumimos ser de origem criminosa. Crianças e donzelas, às vezes até homens robustos, saíam de suas choças para não voltar mais. As populações de Krus começaram a ficar alarmadas; no cair da tarde, frente às cabanas, as mulheres olhavam impacientes os caminhos desertos temendo o desaparecimento dos seus. Investigações foram iniciadas, prêmios foram oferecidos, e finalmente um escravo mandinga revelou que tinha sido convidado para uma festa no bosque que fica depois da corredeira de Manba. Um destacamento de gendarmes foi convocado, e uma noite foi possível deter um bando composto de quarenta homens que dançavam em torno de uma jovem da tribo de De, prontos para sacrificá-la. Alguns dos criminosos estavam cobertos com orelhudas máscaras de madeira; outros, envoltos em peles de feras. Havia entre eles homens da tribo dos gbalín, para quem a antropofagia é familiar, e também um menino de Kwesi, de braços longos e pernas curtas, que parecia um pequeno gorila. Todos confessaram seus delitos (haviam devorado vivas muitas pessoas), mas não havia um só deles que não alegasse que cometia esses crimes quando estava metamorfoseado em uma fera...

— Sugestão coletiva — murmurou o negro doutor.

O padre voltou seu olhar hostil ao pedante congênere, e o doutor Denis compreendeu que lhe convinha dissimular sua sabedoria materialista, e para fazer-se perdoar pela indiscrição, respondeu:

— O depoimento do menino, coincidiu com o dos adultos?...

— Sim. O menino Gan alegou que quando dançava no bosque com os outros homens, à medida em que dançavam sentia que ia se metamorfoseando em uma hiena. Traitering condenou esses quarenta criminosos à forca; sua sentença foi executada, e os quarenta canibais foram pendurados em galhos de árvores nos caminhos que conduziam a Monróvia. O único que se livrou da execução foi o menino Gan, devido à sua pouca idade: doze anos.

"Quando o juiz Traitering me expôs seus escrúpulos, demonstrei estar de acordo com ele. Não era possível enforcar uma criatura de doze anos. Mas Traitering estava especialmente interessado no caso. Pensava em escrever um livro sobre os costumes de nossos negros, de modo que condenou o menino à prisão perpétua.

Logo todos esquecemos dos quarenta enforcados. Neste país há trabalho demais para que se disponha de tempo para pensar em mortos, e dois meses depois daquele sucedido, estando eu uma tarde encostado neste mesmo corrimão, olhando como você para o elefante de mister Marshall, repentinamente apareceu o doutor Traitering.

"Creio haver lhe dito que o juiz era um homem alto e robusto, de olhos esbugalhados e membros pesados. Mas naquele momento sua pele, como um traje excessivamente folgado, pendia do sobrecarregado cabide de seus ossos. Olhou-me tristemente, como um gorila quando se sente doente do peito, e me disse:

— Padre, tenho algo muito sério para conversar com o senhor.

"Quero advertir-lhe, doutor Denis, que o juiz Traitering não era um homem religioso, de forma alguma. No entanto, me dei conta de que se tratava de um caso importante, e deixando de me ocupar com o elefante de mister Marshall, fiz o juiz sentar onde você está sentado, ofereci a ele um copo de aguardente e fiquei calado, à espera de sua confidência.

"Traitering soltou um longo suspiro, mas permaneceu em silêncio. Não abri a boca e voltei a me ocupar dos meninos de mister Marshall, que brincavam em torno das patas do elefante. Finalmente, o juiz Traitering, depois de soltar outro suspiro, disse:

"— Lembra, padre, dos quarenta enforcados?

"Francamente, eu já não me lembrava. Por isso lhe respondi um pouco aturdido:

"— O que aconteceu? Ressuscitaram?

"Traitering sorriu debilmente:

"— Oxalá tivessem ressuscitado! Lembra-se, padre, que me aconselhou a perdoar o menino?

"Efetivamente, eu não podia negar que o tinha aconselhado a perdoar o pequeno Gan.

"— Sim, sim... O que é feito desse órfão?

"— Assassinei-o ontem, padre.

"Fiquei olhando atônito o juiz Traitering. Tinha assassinado um menino!

"— Por que fez isso? — finalmente perguntei — Por que o assassinou?

"— Ah, padre... padre!... — E o juiz Traitering começou a chorar como uma criança —. O senhor não imagina que tipo de monstro esse menino era. Se o tivesse mandado enforcar com os outros, eu não estaria aqui. Não.

"Me partia a alma ver um homem tão duro chorar. Tratei de consolá-lo, e lhe servi um copo de aguardente. (Aqui o padre aproveitou para servir-se outro e encher o copo do doutor Denis.)

"— O que aconteceu? — disse-lhe.

"Finalmente, o juiz Traitering começou a contar sua desgraça.

"Santo nome de Deus! E depois tem gente que duvida da existência do demônio. Eis o que me contou o desafortunado:

"— Um mês depois de ter mandado enforcar os quarenta antropófagos da corredeira de Manba, recordei que o menino Gan permanecia encarcerado, e como dispunha de tempo, resolvi fazer anotações a respeito do processo no qual o menino declarava sentir que se metamorfoseava em hiena. Uma tarde fiz com que o trouxessem ao meu escritório. Um soldado me entregou o menino, e eu fiquei sozinho com ele em minha sala de trabalho.

"— Está contente por ter salvado a pele? — disse a ele em dialeto krus.

"O pequeno canibal não disse uma palavra.

"— Não gostaria agora de um pedaço de carne humana? — perguntei-lhe.

"Gan continuou em silêncio. Eu insisti:

"— Se me contares como fazia para se transformar em hiena te darei um pedaço de carne de mandinga (os mandingas são sérios inimigos dos kwesi) e uma garrafa de aguardente.

"Gan não abriu a boca. Continuava me olhando fixamente, e quanto mais me olhava, mais simpatia eu sentia por ele. Ia se formando um laço de amizade secreta entre nós. Talvez por minhas veias também circule sangue de negro Kwesi, pensei. E então, de pé, me aproximei de Gan e tentei passar a mão em sua cabeça; mas Gan recuou velozmente, e encolhendo o lábio superior, mostrou-me os dentes como uma fera que quer morder. Ah, padre! Não sei o que se passou comigo naquele momento; lembro perfeitamente que não senti nenhum desagrado por aquele gesto bestial, mas, rindo também, franzi os lábios, mostrando os dentes ao canibal. Então Gan colocou as mãos no chão e começou a andar de quatro, com agilidade, roçando o flanco do corpo nas minhas panturrilhas; experimentei um terrível sobressalto, corri para a porta, tranquei-a, e apoiando as mãos no chão, também me pus a caminhar como uma fera. E o menino grunhia e eu o imitava e ambos parecíamos duas feras que hesitam em brigar.

"— É possível? — interrompi assombrado.

"Ah, padre! Se é! A única lembrança é que naquele momento experimentei um vertiginoso prazer em degradar minha dignidade humana. Além disso, sentia um desejo tão violento de morder, que acho que poderia terminar despedaçando Gan. Ele grunhia surdamente como uma hiena encurralada. Naquele momento alguém bateu na porta. Gan, sempre correndo de quatro, escondeu-se atrás da minha mesa; dispensei o soldado que havia trazido o menino. A verdade é que naqueles momentos só me animava um propósito. Depois que o soldado se afastou, disse a Gan:

"— Esta noite iremos à floresta.

"Gan moveu a cabeça, assentindo.

"Então deixei o menino encerrado, coloquei a chave da porta no bolso e saí. Estava febril de impaciência. Fui até a orla, caminhei ao longo das margens do lago; esperava me acalmar com a visão da água e das embarcações, mas a imagem da civilização do porto me causou repulsa. Ansiava veementemente ir à floresta, me converter em besta. Quando a última luz de Krutown se apagou, entrei no escritório, tomei Gan pela mão e o fiz entrar no meu automóvel. Rapidamente deixamos para trás o cemitério dos krus, os seringais. Finalmente cheguei a uma clareira da floresta, escondi o carro sob uma cortina de cipós e disse a Gan:

"— Faz a hiena.

"Uma lua cheia iluminava o caminho; Gan apoiou as mãos no chão e eu o imitei. Pouco depois de iniciado esse jogo começamos a grunhir, logo afiamos as unhas no tronco das árvores, até que, cansados, deitamos no pó da estrada. Juro, que naquele momento senti que tinha rabo. Não falávamos. 'Sabíamos' que esperávamos alguém. Nada mais. Mas esse alguém não chegava. Noite alta, a floresta havia se povoado de mil ruídos, e ninguém aparecia, quando de repente escutamos o assovio de um homem, uma sombra se moveu na estrada, e quando o homem estava perto de nós, Gan saltou sobre ele, jogou-o no chão e rasgou sua garganta com uma só dentada. Foi uma cena vertiginosa, quase incompreensível... Poupe-me, padre, de narrar o que fizemos depois. Eu me sentia um tigre: ao amanhecer me surpreendi com a volta de minha consciência de homem a um corpo completamente manchado de sangue. Gan, com a cara enfiada na folhagem, dormia sua exaustão espantosa.

"Acordei Gan, nos lavamos em um arroio e voltamos a Monróvia. Mandei o canibal de volta à prisão; eu estava horrorizado com a experiência, acreditei que seria a última; mas poucos dias depois a vontade se apresentou tão grande e avassaladora, que fiz com que trouxessem Gan, esperei a noite, e em sua companhia voltei novamente à floresta.

"Desde então minha vida se tornou um inferno. Remorso e crimes. Finalmente decidi. Ontem, na companhia de Gan, fui à floresta, e lá o matei com um tiro. E agora estou aqui, padre, para pedir-lhe a absolvição de meus pecados e o perdão, porque vou me matar. É necessário que aproveite este intervalo de lucidez para me exterminar, antes que a horrível tentação volte a me jogar na floresta em busca de vítimas...

O sacerdote negro se calou, e Denis ficou olhando para ele. Em seguida, murmurou:

— O que o senhor fez, padre?

— Compreendi que o juiz Traitering tinha razão em querer se matar. Ele não queria destruir o homem que carregava em si, mas a fera despertada nele. Confessei-o, dei-lhe a absolvição e o deixei ir. Algumas horas depois, um rapaz do porto trouxe a notícia de que o juiz Traitering tinha se afogado.

Os dois homens se calaram. Os meninos de mister Marshall haviam deixado de brincar em torno das patas do elefante. O sacerdote negro bebeu seu quinto copo de aguardente de palma e disse ao flamante juiz:

— Não aconselho que mande executar o pequeno canibal que o senhor tem que julgar, e que esta história lhe sirva de advertência.

A aventura de Baba, em Dimisch Esh Sham

É de noite ou é de dia?... É de noite ou é de dia?...

Em todo o Magrebe, dificilmente se poderia encontrar um maltrapilho mais esfarrapado que este. Parado junto ao pilar de tijolos da porta de Bab el Estha, vociferou novamente:

É de noite ou é de dia?... É de noite ou é de dia?...

A luz esverdeada do lampião de bronze pendurado em um arco por uma corrente projetava uma sombra desmesurada do mendigo, deslocando-se nos paralelepípedos triangulares do souk, repletos de rosas apodrecidas e cascas de melão. Tinha sido dia de mercado.

Um árabe descalço, que passava por ali montado num burro, se deteve na frente do falador:

– Por Alá, irmão, como podes perguntar se é de noite ou é de dia?

Mas o maltrapilho, cuja djellaba negra parecia ter sido arrastada por todos os montes de esterco do Islã, continuou berrando:

– Respondam-me, justos crentes: chove ou não chove, chove ou não chove?

E sem esperar que ninguém respondesse, começou a bater alternadamente com as pontas e com os nós dos dedos no fundo de um tambor em forma de vaso que carregava embaixo do sovaco.

Vários camponeses que se fartavam de peixe e cuscuz na banca de um egípcio rodearam curiosos o mendigo. Já bem perto dele, repararam que era um profeta[1]. Seus olhos brancos de catarata, semelhantes a ovos de serpente, revelavam o cego. Baba, que assim se chamava o maltrapilho, voltou a bater por alguns instantes no fundo de seu tambor e prosseguiu:

– Em nome do Clemente, do Misericordioso, escutai a palavra do Corão através dos lábios de um cego: "Não há nada mais louvável que elevar a voz para convencer os homens e exclamar: Eu sou um bom muçulmano". Vos fala um árabe equilibrado que jamais bebeu vinho ou mordeu carne de porco.

Insensivelmente acudiam os curiosos para escutar o profeta. Eram artesãos dos arredores, negros batedores de cobre com as mãos queimadas de enxofre, padeiros manchados de farinha, tintureiros com os braços tingidos de azul e amarelo. Também se viam vendedores de água, com calças até os joelhos e odre de couro gasto nas costas; curtidores, fazedores de esteiras, tecelões de djellabas. Alguns com os olhos abertos continuavam comendo seu peixe ou roendo um osso de carneiro, o óleo escorrendo até o queixo.

---

1 O termo utilizado por Arlt é "jefe de conversación", que, assim como a palavra que escolhemos, "profeta", também se refere a um orador com poderes de comunicação com o divino.

Olhavam o cego com a admiração que suscitam os poetas, e o cego, sem vê-los, percebia o vulto de suas presenças pelos fedores distintos que emanavam de seus corpos mal lavados.

Baba tamborilou novamente com os dedos no fundo do tambor:

– Escutai o cego prudente... Tu, comerciante, que tem os ouvidos tapados com cera, tire a cera dos ouvidos. Abandona teu balcão. Não seja relutante como um camelo estúpido. Aproxime-se de Baba, o Cego. Baba vai melhorar teu entendimento com uma bela história. Camponês do Borch, aproxime-se de Baba. Baba te consolará melhor que teus legumes podres. (Risos entre os artesãos.) Escutem Baba, o inimigo dos cães judeus e dos cães cristãos... Escutai o Cego instruído, irmãos. Detenha-se, queijeira... Venha para cá, carvoeiro. Ponha o traseiro sobre as pedras. Não vos pesará. Minha narração é mais saborosa que a pata de camelo fervida em leite azedo. Mercador inseguro de tuas moedas, escuta o Cego... Quando esta noite entrares no harém, tua quarta esposa te dirá: "Oh, meu senhor, conte-me o que ouviu no mercado!" E tu, com o que a divertirá se não conheceres a minha história?... Tirai a cera dos ouvidos, justos crentes. Não cuspais na cabeça de vossos vizinhos. Que começo... que começo... que começo...

Havia anoitecido em Dimisch esh Sham. A cidadela murada e branca parecia achatar-se aos pés do avultado monte. Em sua crista, bem acima do nível da areia, arqueava-se a desolação das palmeiras. Mais próximos, recortando a acuidade esverdeada do firmamento, erguiam-se os paralelepípedos de porcelana dos minaretes das mesquitas e as cúpulas de cobre alaranjadas dos palácios senhoriais. Nos minaretes, revestidos de mosaicos reproduzindo tabuleiros de xadrez verticais, a lua firmava suas pontas de prata. Adiante, infinito, amarelado, escurecendo-se até os confins, estendia-se o deserto. E o horizonte, apesar da lua e das estrelas, parecia uma muralha de betume, separando a terra dos homens da terra dos djinns[2] e dos targuis[3].

Marbruk ben Hassan, a quem Baba o Cego conhecia como "o homem da esmola", estava agora no terraço de sua casa. Sob o toldo circular alaranjado, de cujas bordas pendiam lanternas coloridas, era possível vê-lo recostado em almofadas esparramadas no tapete que cobria os ladrilhos do chão. Apesar de sua barba enegrecida e da testa protuberante em uma linha vertical de rugas, percebia-se que era jovem. Fumava vagarosamente um longo cachimbo turco de fornilho de barro e boquilha de âmbar, enquanto à sua frente, em pé, revestido com uma pobre djellaba, andava um vendedor de tapetes, de larga barba de carrasco e nariz mais curvo que um alfange. O vendedor de tapetes, inclinado sobre sua mercadoria, enrolava-a lentamente, enquanto dizia a Marbruk ben Hassan:

– As metralhadoras chegarão desarmadas no interior dos eixos dos carros conduzidos por Ahcmet. – E exclamou em voz alta: – Senhor, pense bem, este tapete é tão rico em desenhos de ouro que não encontrarás outro igual nem no melhor bazar de Istambul. – Baixou a voz: – Todos os meses uma caravana de carros estacionará no curral de Hussein. Mudarás os jogos de rodas desses carros. – Em voz alta: – Não te interessam as tendas de pelo de camelo? Deixam passar o ar, mas detêm o frio e o calor. – Baixou a voz: – Recolha o

2 Os djins são entidades sobrenaturais, mágicas, muito presentes na cultura árabe. No imaginário ocidental, essas entidades costumam ser associadas à figura do "gênio", nome que recebe já na primeira tradução para o francês de *As mil e uma noites*, ainda no século XVIII.

3 Os targuis são um dos diversos grupos étnicos que habitam a região desértica do Magrebe.

máximo de moedas de prata que puder e faça circular o papel. Meta a prata nos eixos dos carros...

Marbruk ben Hassan acomodou-se nas almofadas e, sem olhar para o vendedor de tapetes, bateu no gongo... Aischa, sua escrava, apareceu.

– Aischa – disse "o homem da esmola" –, não deixe mais entrar na minha casa contrabandistas de rua sem se certificar que eles negociam mercadorias nobres. Os tapetes deste homem poderiam enfeitar o açougue de um armênio, não a minha casa.

Acompanhado por Aischa, o vendedor de tapetes se retirou humilhado.

Marbruk ben Hassan mergulhou em seus projetos. Pertencia a uma das sociedades secretas que reativam o movimento nacionalista muçulmano. No Magrebe, conspirava contra o sultão de Fez e o mandatário da França. No poço seco de sua propriedade de Msella del Pachá, em Fez, era possível encontrar cinquenta mil cartuchos de fuzil. Estava acima de qualquer suspeita. Sua irmã era uma das quatro esposas do Sultão; seu irmão, um fiel servidor dos franceses; seu pai, o primeiro cádi ou juiz da cidade.

Além disso, Marbruk ben Hassan, em um momento oportuno, havia assassinado, por interesses de Estado, Ismail, o líder dos jovens nacionalistas da Universidade de Fez. Era considerado um renegado, e esse juízo favorecia suas verdadeiras atividades. Na realidade, era um dos membros mais enérgicos e perigosos do comitê secreto pan-islâmico.

"O homem da esmola", como o chamava Baba o Cego, olhou para a lua que agora se ocultava por trás do minarete da mesquita de Ez Zinaniye, e acariciou a barba. Tinha que encontrar naquela noite com Mahomet Bey, um inexorável bandido. Mahomet Bey, nas cidades levantinas, vestia-se como o mais elegante europeu. Mahomet Bey era um assassino profissional de armênios cristãos. Seus crimes eram numerosos e ferozes. O menor deles consistia em introduzir anciãos armênios, pela cabeça, dentro dos fornos das padarias das aldeias onde operavam seus bandos.

– Explodem como granadas – dizia, sorrindo, Mahomet Bey.

Aischa entrou bruscamente no terraço:

– Senhor, um ancião estrangeiro pergunta por ti.

– Árabe ou europeu?

– Árabe.

– Não te disse o nome?

O ancião que perguntava por ele já estava indo a seu encontro, no terraço. A barba chegava-lhe até o estômago, e o capuz de sua capa vermelha emoldurava um magro rosto enrugado, ligeiramente achocolatado, de linhas mortas e olhar jovem, falso e cruel. Era seu pai, o cádi de Fez.

Marbruk ben Hassan correu até ele, tomou humildemente a mão do ancião e a manteve apertada contra os lábios por alguns instantes. Aischa se retirou.

– Tu por aqui, pai?

O ancião avançou com dignidade pelo terraço, agachou-se sobre um tapete e Marbruk ben Hassan permaneceu de pé, sem se atrever a sentar. Por respeito, tampouco tomou a palavra. Seu pai lançou um olhar perscrutador ao redor. Finalmente, disse:

– Podes falar.

"O homem da esmola" reparou que o pai não o convidou a sentar, e mesmo estando em sua própria casa, continuou de pé, e disse:

– Como está nosso senhor o Sultão? E minha nobre mãe? E meu irmão? E minha irmã?

O cádi, com voz cansada, deu notícias:

— Tua mãe esteve doente, mas tomou leite fervido com uma folha do Corão, e restabeleceu a saúde. Teu irmão foi designado por nosso senhor o Sultão para uma missão secreta no Cairo; tua irmã deu à luz uma linda criança. E tu, como estás de saúde?

— Bem, pai. Permita-me perguntar como te atreveste a enfrentar a fadiga de tão longa viagem? Por que não te dignastes a avisar-me de tão alta honra? Ou está acontecendo algo?

O cádi olhou friamente para o filho; em seguida, enfatizando cada palavra, disse:

– Sim. Prepara-te para rezar "a oração do medo". Vim te matar...

Marbruk ben Hassan levantou devagar os olhos do desenho do tapete verde.

– Dissestes que veio me matar?

– Sim. A menos que prefiras morrer por tuas próprias mãos.

– Por que me diz isso, pai?

O cádi, apesar de sua idade, se pôs de pé num salto. Sua mão direita apoiava-se agora no cabo de ouro lavrado de um punhal que lhe cruzava a cintura. Uma luz sombria como as que brilham nas pedras de salitre cintilava no fundo de suas pupilas. No entanto, sua voz era suave. Disse, baixando o tom:

– Cachorro! Trais nosso senhor o Sultão. Traficas armas para sublevar as tribos. Ocultas dois caminhões de cartuchos no fundo do poço seco de tua propriedade de Msella. Sequestras moedas de prata. A clemência de Alá impediu que a cólera de nosso senhor o Sultão caísse sobre a minha cabeça e sobre a de nossa família. Com essa intenção assassinaste Ismail? Para enganar a todos nós? Ililla tem em suas mãos todas as provas de tua traição. Por Alá que tenho que me esforçar para não te cravar o punhal na garganta! És mais falso que uma rameira!

"O homem da esmola" permanecia calado. Sob a musselina de seu turbante a testa se cobria de gotículas de suor.

O cádi continuou:

– Uma boa ação nunca se perde. Quando era jovem, fiz um favor a Ililla. Ililla lembrou disso. Há um mês veio a minha casa, mostrou as provas de teus crimes e me disse, bondosamente: "Pegue vários homens de minha escolta, vá a Dimisch esh Sham e mate esse imprudente. Nosso senhor o Sultão jamais saberá da traição do teu filho. Alá o abençoe e à sua família".

Marbruk ben Hassan exclamou, enquanto pensava em outras coisas:

– Alá tenha piedade de mim.

O cádi, apaziguado depois de exteriorizar seu furor, continuou:

– É inútil que tentes escapar da sentença. Tua casa e jardins estão cercados por meus homens. Escolhe: te matas ou mando que te matem?

"O homem da esmola" refletia com rapidez.

– Pai: só o Destino indica o caminho dos homens, e os homens o seguem humildemente. Tomei meu caminho, mas não quero que minha família carregue a vergonha do meu segredo. É preferível que eu morra por minhas próprias mãos. Só quero te pedir uma graça. Me autorize a repartir meus escassos bens com alguns crentes, que jamais esquecerão de mim em suas orações.

– Quem são?

– Aischa, minha escrava, e Baba o Cego. Baba o Cego costuma dormir no pórtico da mesquita de Ez Zinaniye. Permites que minha escrava o chame?

O cádi pensou: "Evidentemente, o Cego seria portador de alguma mensagem que permitiria descobrir quem era o vendedor de armas que as conduzia a Fez. Mandarei deter o cego na saída da casa de meu filho". Respondeu:

– Chama tua escrava.

"O homem da esmola" tocou o gongo, e Aischa apareceu.

– Aischa, vá até a porta da mesquita de Ez Zinaniye e traga Baba o Cego.

Aischa saiu, e o velho cádi insistiu:

– Queres rezar comigo "a oração do medo"?

Marbruk ben Hassan compungiu o rosto e disse, finalmente:

– Perdoa-me, pai. Não sou digno de estar à sombra do teu corpo. Mas agora creio que a paz de Alá estará em mim. Que jamais minha mãe, nem minha irmã, nem meu irmão saibam do benévolo castigo a que achastes por bem me submeter. Agradeça também ao piedoso Ililla. Te rogo agora, pai, que me deixes sozinho.

Por um instante a sombra de uma emoção pareceu vibrar através do semblante do ancião. Apontou com sua mão amarelada para o céu estrelado e tão baixo quanto o teto da tenda de um beduíno, e disse:

– Logo nos encontraremos por lá. A paz esteja contigo...

E, grave, depois de vacilar um instante, estendeu-lhe a mão. "O homem da esmola" beijou piedosamente a mão direita de seu pai, e o ancião saiu...

Marbruk ben Hassan ficou sozinho. Quem era o cachorro que o tinha traído? Tarde demais para imaginar. Tinha que tentar fugir. Se conseguisse encontrar com Mahomet Bey, riria dos assassinos mudos que seu pai trouxera. Faria com que fossem todos esfaqueados... E se Mahomet Bey se negasse a participar da disputa perdida?

Poderia refugiar-se no consulado alemão. Von Freser tinha várias vezes tentado insinuar. Oferecer sua experiência ao Serviço Secreto Alemão? O tempo que restava era precioso. Rapidamente se desfez de sua túnica, de suas finas calças, de sua jaqueta bordada de ouro, de suas meias de seda branca. Rapidamente desceu até a cozinha; jogou alguns dentes de alho no pilão de Aischa e os amassou, depois começou a esfregar no corpo. Não se podia estar a um passo dele, tão repugnante era o fedor que exalava. Em seguida esfregou-se com carvão. Entrou no quarto da escrava; ali havia maquiagem colorida. Ouviu a porta da rua que se abria e correu ao encontro de Aischa. Graças a Alá, a escrava voltava trazendo o cego pela mão. A escrava, porém, quase gritou ao vê-lo: não o reconheceu... Marbruk ben Hassan levou violentamente um dedo aos lábios, aproximou-se do cego, e encostando o punhal em seu coração, disse:

– Se disseres uma palavra te matarei. – E dirigindo-se a Aischa, ordenou:

– Leve-o à sala de abluções.

– A casa devia pertencer a um homem muito rico – continuou narrando o cego ao círculo de ouvintes que à luz do lampião de bronze escutavam seu relato –, porque no interior flutuavam perfumes e o chão estava coberto de finos tapetes. No entanto, quando o homem que encostou o punhal no meu peito disse: "Se disseres uma palavra, te matarei", o reconheci imediatamente pela voz. Todos os dias ele passava junto à porta da mesquita, e jogando-me uma moeda, me dizia: "A paz esteja contigo".

"A escrava me pegou por um braço e me conduziu à sala das abluções. Ali se ouvia o ruído de água de uma fonte. "O homem da esmola" disse a sua escrava:

– Aischa, dispa-o rapidamente...

"Eu estava assustado. O que iria acontecer comigo? Pensava que sempre tinha cumprido meus deveres para com o Profeta..."

– Abrevia – gritou uma voz –. Não nos conte a história de teus deveres religiosos, mas o que aconteceu dentro da casa.

Quem interpelava assim o cego era um padeiro impaciente para saber o final da aventura.

Prosseguiu o profeta:

– Então começaram a me despir, e me despojaram da minha bela djellaba negra, porque naquele tempo eu tinha uma djellaba negra que me havia...

Explodiu um curtidor:

– Maldito falador. Deixa em paz tua djellaba. Conte-nos o que te aconteceu dentro da casa.

O cego pacientemente continuou:

– Vossos paladares são de asnos, não de gazelas. Bom, me despojaram de minha bela djellaba negra e de meu turbante, ai, meu turbante!... Um turbante que, enrolado em minha cabeça, me deixava com o aspecto de um grão vizir. A escrava que me despia dizia de vez em quando ao "homem da esmola": "O que está acontecendo, meu senhor; o que está acontecendo?". Mas "o homem da esmola" acabou por lhe responder:

– Levante mais o espelho...

"Em seguida 'o homem da esmola' disse:

"– Me pareço com ele?

"– Sim..., põe mais vermelho-sangue nas pálpebras.

"Eu escutava que duas pessoas se moviam ao meu lado, mas como Alá me tirou o dom da visão, só posso supor que "o homem da esmola" estava se pintando para parecer comigo."

– Que fazias enquanto isso? – perguntou um fundidor de metais.

– Agachado em uma esteira, fazia minhas orações. Ainda que estivesse nu, não sentia frio, porque era verão. Finalmente, "o homem da esmola" disse a Aischa:

"– Dê uma moeda de ouro a esse homem.

"E a escrava pôs uma moeda de ouro em minhas mãos. Disse em seguida "o homem da esmola":

– Me pegue pela mão, Aischa.

"E ouvi o ruído de passos, e, em seguida, minha própria voz, porque o desconhecido imitava muito bem minha voz, ouvi minha própria voz que dizia à distância:

– Bendita seja a clemência de Alá e a caridade do senhor desta casa. Que suas esposas lhe dêem filhos em abundância. Que seus campos sejam fecundos e seus celeiros sejam pequenos para guardar a colheita. Que seus filhos sejam nobres, valentes e generosos como é valente, nobre e generoso seu poderosíssimo pai...

"Logo já não ouvi mais a voz do 'homem da esmola' e fiquei ali, nu no meio da sala de um palácio desconhecido, com uma moeda de ouro na mão. E ainda que a moeda de ouro estivesse muito apertada na minha mão, o medo também estava muito apertado no meu coração, e comecei a orar para que o Profeta iluminasse a noite da minha cegueira e enviasse uma escrava piedosa para me tirar dali.

"Não tinha rezado três orações quando ouvi uns ruídos, e em seguida uma voz grave e desconhecida que dizia, encolerizada:

"– Cachorro! Não havias prometido que te mataria? Esses são teus juramentos?... Alí, prepara a corda. Agora nós é que iremos te enforcar.

"Um grande frio entrou em meu coração. 'O homem da esmola' tinha sido pego, apesar do disfarce. Eu, porém, sentado no meio da sala, não me atrevia a me mover. Então o mesmo homem que tinha a voz grave e encolerizada apoiou a mão enrugada nas minhas costas nuas, e disse:

"– Cego, toma estas moedas, mas te juro pelo Corão que se disseres uma só palavra do que escutastes aqui, farei cortar tua cabeça, ainda que sejas um cego.

"Em seguida, um homem que não falava, e que devia ser mudo, me vestiu com minha bela djellaba e devolveu meu turbante, e tomando-me pela mão me conduziu até o pórtico da mesquita de Ez Zinaniye... Sempre em silêncio, porque era um assassino mudo.

"E no dia seguinte, no mercado, soube de uma notícia assombrosa:

"O filho do cádi de Fez havia se enforcado voluntariamente porque sua escrava Aischa o tinha abandonado. E ainda que muitos a buscassem, ninguém nunca conseguiu encontrá-la.

Exercício de artilharia

Esta história não devia se chamar "Exercício de artilharia", mas "História de Muza e os sete tenentes espanhóis", e eu a escutei, pessoalmente, no souk de Larache, junto à porta de Ksaba, do lado onde terminam as arcadas caiadas que ocupam os mercadores de Garb; e contava essa história um "zelje" que vinha de Ouazan, bem mais abaixo de Fez, onde se pode caçar corpulentos elefantes; e ainda que, como disse, o dito "zelje" fosse de Ouazan, parecia muito inteirado dos acontecimentos de Larache.

Esse "zelje", ou seja, esse poeta ambulante, era um malandraço maneta, maneta por façanhas de guerra, dizia ele; eu suponho que maneta porque por ser ladrão tinham lhe cortado a mão em algum mercado. Se vestia com uma djellaba cinza, tão andrajosa, que chegava a inspirar piedade até nas miseráveis camponesas do acampamento de Mhas Has. Cobria sua cabeça um turbante vermelho (roubado vá Alá saber de onde), e devia ter uma fome de sete mil diabos, porque quando me viu aparecer com sapatos de sola de borracha e carregando na mão uma máquina fotográfica, fez uma reverência que nem o Alto Comissário da Espanha no protetorado já deve ter recebido; e num espanhol magnificamente estropeado, me propôs, nas barbas de todos aqueles vigaristas que, agachados, o viam falar:

– Grande senhor: nenhum destes maltrapilhos merece me escutar. Me dê uma moeda de prata e lhe contarei uma história digna de teus educados ouvidos, que não são estes ouvidos de burros.

E com seu braço mutilado apontava as orelhas sujas dos camponeses.

Eu esperava que todos os tomates podres que fermentavam naquele chão se espatifassem na cabeça do "zelje" de Ouazan; mas os maltrapilhos, que formavan um círculo em torno dele, se limitaram a dar grandes gargalhadas e a injuriar-lhe alegremente em sua língua nativa; eu, então, sentando-me no mesmo círculo formado pelos homens da tribo de El-Tulat, joguei a ele uma moeda de prata, e o insigne maneta descalço e fedendo a leite azedo começou seu relato, que traduzirei num castelhano acessível.

Em Larache, um caminho asfaltado separa o cemitério judeu do cemitério muçulmano. O cemitério judeu parece uma pedreira de mármores esculpidos, e todos os dias da semana se pode encontrar ali mulheres desesperadas e homens barbudos com a cabeça coberta de cinzas, que choram a cólera de Jeová sobre seus mortos.

O cemitério muçulmano, por outro lado, é alegre, como uma carmen[1]; as laranjeiras crescem entre seus túmulos, e mulheres cobertas até os olhos, escoltadas por negras gigantescas, vão sen-

1 Carmen é um tipo de casa de campo comum nos arredores da região de Granada, Espanha. Nesses arredores, tradicionalmente, também ficavam os cemitérios.

tar-se em um canto da sepultura de seus mortos e movem as mãos enquanto, compungidas, choram de escorrer ranho.

O tenente Herminio Benegas ia passear ali. Um observador desavisado poderia supor que o tenente Benegas, ao olhar para o cemitério da esquerda, queria conquistar uma bela judia, ou que, ao olhar para o cemitério da direita, pretendia namorar alguma muçulmana escondida no mistério branco de seu manto. Mas não era isso.

O tenente Herminio Benegas não estava ali para pensar em judias nem em muçulmanas. O tenente Benegas pensava em Muza; em Muza, o usurário. Pensava em suas dívidas!

Muza, o usurário, vivia em uma propriedade que fica na entrada da porta de Ksaba. Muza, o usurário, para resistir ao maravilhoso fedor de queijo podre e de detritos que pairava no ar, tinha junto à muralha dentada um extenso jardim apinhado de limões, com "parterres" entupidos de cravos e roseiras que cinco escravos do acampamento de Mhas Has cuidavam diligentemente, enquanto Muza, plácido como um santo, acariciava a barba e via chegarem seus clientes. Atendia os desesperados entre botões de rosas. Não tinha escrúpulos em trabalhar com corretores judeus. Muza havia se especializado com os oficiais da guarnição espanhola. Por certo era terminantemente proibido aos oficiais contrair dívidas com agiotas muçulmanos, pois as coisas podiam se complicar... O tenente Herminio Benegas, porém, uma noite, contemplou a esverdeada muralha, rugosa e triste, as camponesas dormindo junto a suas pilhas de lenha seca, e, naturalmente, maldizendo seu destino, enfiado em uma djellaba para manter as aparências, foi e levantou a pesada aldrava de bronze que pendia da baixa, sólida e cravejada porta da propriedade de Muza.

Era sempre a essa hora, quando o céu tem um matiz esverdeado, que chegavam os clientes de Muza. Tão acostumado estava o gigantesco porteiro – um eunuco tunisiano negro e corpulento como um elefante –, que, sem falar, inclinando-se humildemente, conduzia a futura vítima de Muza até o jardim. O agiota, sob um arco lobulado com entalhes de ouro e filetes de lápis-lazúli, levantava, e beijando a ponta dos dedos, acolhia o visitante com a mais elegante das atenções muçulmanas. Fazendo o seu visitante sentar em almofadas macias, ele o agasalhava, acariciava e dizia:

– Honras minha casa. Que Alá cubra de prosperidade a ti e a tua nobre família. Hoje é um grande dia para mim. Quanto necessitas? Não te preocupes. Estou feliz em servi-lo.

Quando Herminio Benegas respondeu: "Cinco mil pesetas", Muza começou a rir.

– E por esse montinho de lenha seca te preocupas? Imaginei que era um incêndio. Nada mais que cinco mil pesetas!... Tu, um oficial espanhol!... Juro, pelas barbas do Califa, que levarás dez mil pesetas da minha casa!... Não sabes que o Profeta disse que as mãos dos ímpios estão fechadas à generosidade? Quero que teu dia de hoje seja lindo e doce. Alí, Alí; traga café a este belo oficial espanhol!

É claro que Benegas levou dez mil pesetas... , e assinou um recibo de quinze mil.

– Não te preocupes – disse Muza –. Serei mais bondoso contigo que teu pai e que tua mãe, que não tenho a honra de conhecer.

Benegas voltou uma vez, e depois outra e outra.

Um dia, Muza se levantou irritado de suas almofadas. Era a primeira vez que Benegas via o agiota de pé. Muza era alto como uma torre. As barbas, que lhe chegavam ao umbigo, davam a ele o aspecto de um Golias. O agiota, segurando um tufo dessas barbas, disse, enquanto as retorcia com colérica frieza:

– O que você achou? Que eu assalto os traficantes, como esse bandido de Raisuli? Te tratei bondosamente, como se fosse teu pai e tua mãe. E tu, o que me deu em troca? Papéis, papéis com a tua assinatura!... Me pagas, ou irei visitar teu coronel!...

Benegas pensou que poderia enfiar todas as balas do seu revólver na barriga daquele monstro, mas também pensou que podiam fuzilá-lo. E apertando os dentes, vencido, pediu:

– Me dê três dias de prazo... quatro...

Muza deixou-se cair sobre as almofadas e respondeu:

– Estarei até domingo em minha propriedade em Guedina. Na segunda, se não pagares, visitarei teu coronel.

E mal terminou de pronunciar essas palavras quando frio, negro e magnificamente homicida, o tenente viu aparecer ao seu lado o eunuco tunisiano, que lhe acompanhou até a porta da rua, curvando-se em profundas reverências.

O tenente Ruiz estava tirando as botas quando Benegas entrou em seu quarto. Ruiz ficou com as mãos nos cadarços da bota ao ver o contraído semblante de Benegas:

– O que Muza te disse?

– Na segunda verá o coronel.

Ruiz começou a tirar as botas, e disse:

– Amanhã iremos para os bosques de Rahel.

– Rahel?

– Sim; temos que terminar os exercícios de tiro na região de Guedina.

Benegas recostou-se na cama. Estava perdido se o agiota fosse ao coronel. E Muza não era homem para brincadeiras. Tinha metido no bolso mais de um valentão de Larache. Dizia-se que uma de suas filhas estava no harém do Califa. O que fazer?

Ruiz já tinha dormido. Benegas apagou a luz. Pela janela de treliça entrava uma claridade festiva, reticulada. O que fazer? Benegas levantou e abriu devagar a porta. Lá, no fundo do pátio, via-se o escritório do coronel, iluminado. Benegas se decidiu. Cruzou o pátio e se deteve na frente do edifício que o coronel ocupava.

Um sentinela aprumou-se na frente dele. Benegas subiu um lance de escadas e bateu na porta com os nós dos dedos.

Uma voz rouca respondeu:

– Adiante.

Benegas entrou. Recostado em um sofá, com a jaqueta aberta, o coronel Oyarzún parecia estudar as cotas de um mapa verde que estava diante de seus olhos. Era um homem pequeno, desnutrido, esquelético. Olhou para o tenente, e compreendeu que o homem buscava ajuda. Então se ajeitou e, já sentado no sofá, disse:

– Passe, tenente – e apontou para uma cadeira. – Sente-se.

Benegas obedeceu. Pegou uma cadeira e sentou-se na frente do coronel. Mas o coronel não parecia ter muita vontade de falar. Calado, olhava tristemente para o chão. E sem saber por que, Benegas sentiu pena daquele homem magro e raquítico. Seria verdade o que se dizia: que o coronel tinha se viciado em haxixe? O certo é que o haxixe por lá passava de mão em mão...

– O que há?

Benegas começou a contar ao coronel a história de seu enredo financeiro com Muza. Por um instante pensou em contar uma mentira ao coronel: que Muza havia pedido os planos das unidades que defendiam o vale Lukus; rapidamente, porém, compreendeu que o coronel poderia adivinhar sua mentira ou tentar tirar proveito dela. Era melhor dizer a absoluta verdade.

O coronel, sentado na beira do sofá, escutava, levantando de quando em quando seus grandes olhos pardos. Quando Benegas terminou seu relato, o coronel se pôs resolutamente de pé. Tinha o aspecto de um mico triste. Benegas, rigidamente aprumado, esperou sua sentença. O coronel acendeu um cigarro, olhou melancolicamente o mapa topográfico, e disse:

– Há sete tenentes neste regimento na mesma situação que você. Isso é intolerável! Amanhã iremos fazer exercícios de bateria nos bosques de Rahel. Guedina está atrás. Não ficaria muito feliz se caísse algum projétil, por engano, na quinta de Muza..., ainda que, é bem verdade, não se perderia grande coisa. Boa noite, tenente.

Benegas, teso, cumprimentou. Tinha compreendido.

A área de Guedina se estendia pelo vale, e ali, no seu centro, se via o palacete, com suas torrezinhas de pedra, pertencente a Muza, o agiota. Mais adiante se estendiam as colinas de ardósia, com tufos de borbotões de vegetação avermelhada e verde, e lá longe, em um morro, a tela do céu estava cortada pela linha azulada dos bosques de Rahel.

Muza, sentado no fundo de seu jardim, debaixo dos ramos de uma laranjeira com Aischa a seu lado, provava umas cascas de limão cristalizado que Aischa, segurando um prato, lhe oferecia, sorrindo, de joelhos.

Foi um assovio de pirotecnia; Muza olhou, surpreendido, ao redor, quando um obus explodiu sobre o topo do bosque.

Aischa, tremendo, apertou sua juventude contra ele; mas Muza, espantado, pôs-se de pé, e nem tinha terminado de fazê-lo quando um estampido mais próximo levantou do chão uma coluna de fogo e de terra; e Aischa, desmaiada de terror, caiu na grama. Muza olhou para ela um instante sem vê-la e correu para dentro do pátio.

Seu terror não conhecia limites porque era um homem pacífico. Sabia que várias baterias estavam fazendo exercícios de tiro além da cortina azulada do bosque de Rahel; mas daí a...

Desta vez o impacto foi decisivo. O obus alcançou o vértice da torre de pedra, e a torre de pedra de sua linda quinta foi pelos ares como se tivesse sido arrancada de seus alicerces por uma tromba-d'água; logo desmoronou em uma chuva de escombros, e um grupo de escravas, de mulheres sem véu, de escravos, saiu pelo pórtico principal gritando e arrastando as crianças consigo. As mulheres entraram na ala direita do pátio.

Outro estampido fez tremer o chão. Os muros de pedra do antigo castelo, que tinha pertencido ao xeque de Rahel, racharam; uma procissão de pequenas colunas, lançadas no espaço pela explosão, foi derramar suas hastes de mármore em um lago; novamente, uma cortina de projéteis varreu o chão e as poucas paredes da muralha que ainda estavam em pé sob o sol da tarde tremeram e caíram.

Muza deixou-se cair no chão e começou a chorar. Compreendia. Os sete tenentes do corpo de artilharia, os sete homens que ele havia beneficiado com seus empréstimos, bombardeavam deliberadamente sua linda propriedade. Não vacilariam em matá-lo, assim como a suas nove esposas, a seus dezessete escravos. Como em um pesadelo, via o maldito tenente Benegas, rodeado de seus soldados, incitando-lhes a concluir a obra de destruição com um ataque à baioneta.

As lágrimas corriam pelo barbudo semblante do gigantesco Muza. Mas o fogo das baterias teimava raivosamente sobre as ruínas; alguns projéteis haviam danificado os canos do reservatório;

a cada explosão voavam as pedras entre espessas nuvens de pó e fumaça preta; sobre o gramado se podia ver os móveis destroçados pela explosão, as almofadas estraçalhadas. Cada projétil arrancava da terra jorros de cascalho.

Muza, escondido agora atrás de uma árvore, via aterrorizado essa completa destruição de seus bens. Evidentemente, os tenentes de artilharia eram gente terrível.

Novamente pareceu ao agiota que estava vendo o tenente Benegas rodeado de soldados intratáveis, dispostos a escavar sua barriga com a ponta de suas baionetas. E o terror cresceu tanto nele, que de repente se pôs a gritar como um endemoniado, e já não lhe bastou gritar, mas colocando em perigo a própria vida correu até as ruínas da propriedade. As mulheres do bosque gritavam para que parasse, que ia se ferir com as cápsulas dos projéteis que podiam cair outra vez; Muza, porém, surdo, desesperado, queria agarrar-se aos bens despedaçados, e impelido pelo furor que fazia a paisagem girar diante de seus olhos como em um vertiginoso pesadelo de pedra e de sol, dando grandes saltos se enfiou entre as ruínas; seu corpo bateu pesadamente contra um muro alto, o muro oscilou e os blocos quadrados de granito desmoronaram sobre sua cabeça. Muza, o agiota, deixou para sempre de facilitar dinheiro aos cristãos.

Vinte e quatro horas depois, o coronel apresentou um relatório ao Alto Comissário, e o Alto Comissário se desculpou diante do Califa:

– Ocorreu que durante a marcha a retícula de um telêmetro se moveu em seu visor em decorrência de uma batida, o que acarretou um erro de cálculo na "regulagem" do tiro. É de se agradecer que a desgraça de Guedina não tenha causado mais mortes que a de Muza, vítima não dos projéteis, mas de sua própria imprudência.

O Califa, infinitamente compreensivo, sorriu ligeiramente. Depois disse:

– Me alegro que o assunto não tenha maior importância, porque Muza não pertencia à comunidade marroquina, mas à argelina.

Lembre-se de Azerbaijan

Os dois maometanos se detiveram para dar passagem à procissão budista. Com um guarda-chuva aberto sobre a cabeça, diante de um palanquim dourado, ia um devoto.

Atrás, oscilante, avançava o cortejo de elefantes carregando no lombo seus budas dourados mais alto que a copa verde das palmeiras. O sócio de Azerbaijan, o prudente Mahomet, disse, vendo um gendarme tâmil parado na frente de uma dama de Colombo cujo carrinho de bambu era puxado por um criado descalço.

– Que o Profeta confunda o entendimento desses infiéis.

– Para eles, a eterna calçada de brasas do inferno – murmurou Azerbaijan com desgosto, pois uma multidão de túnicas amareladas enchia a rua de terra.

Essa multidão mostrava a cabeça raspada e quase todos se refrescavam abanando grandes leques arredondados com bordas dentadas. Azerbaijan, com olhos de entendido, observava os tipos humanos e descobria que naquele canto do Ceilão estavam representadas muitas das raças do Sul da Índia.

Haviam brâmanes com turbantes achatados como bosta de vaca; músicos com pandeiros revestidos de peles de serpente e trombetas em forma de chifre de elefante; moços descalços, com a barriga d'água à mostra; sacerdotes budistas com a cabeça raspada; párias cobertos de poeira como lagartos e mais nus que macacos; chefes candianos, pançudos, com grandes faixas recamadas de ouro e chapéus descomunais como bacias de prata.

Era possível reconhecer os pescadores de pérolas por seus olhos tingidos de sangue e o tamanho descomunal do peito. Havia também ali alguns ladrões chineses, movendo os olhos como ratos, e vários vigaristas ingleses que, com as mãos nos bolsos, assistiam ironicamente desfilar a procissão, sacudindo no ar as cinzas dos cigarros.

–Vamos – disse Azerbaijan.

E Mahomet, encolhendo os ombros, seguiu seu confrade.

– Tens o dinheiro? – perguntou Mahomet.

Azerbaijan assentiu, sorrindo. O dinheiro, em boas rúpias indianas, estava atado junto às carnes de seu peito. Azerbaijan e Mahomet tinham vendido o antro de ópio a um traficante chinês. Azerbaijan e Mahomet eram nativos de Tânger, mas o acaso dos negócios os tinha arrastado até Colombo, onde, seguindo o exemplo da comunidade muçulmana, se dedicaram a combinar o exercício da usura com a exploração de campos de arroz e antros de ópio.

É claro que não podiam jurar sobre o Corão que o dinheiro com que iniciaram seus negócios havia sido honrosamente adquirido. Há alguns anos, os dois cupinchas, em meio às neves do Himalaia, espantaram a pauladas um espião fugitivo da polícia inglesa. Foi inútil ao fugitivo, tentando se defender, agarrar Mahomet pela djellaba ao adivinhar suas intenções de roubo. Mais rápido que ele, Azerbaijan, com um golpe de bastão, afundou até as orelhas seu capacete de cortiça; e depois de aliviá-lo de suas libras, fugiram pelo monte. E assim foram parar no Ceilão.

Agora Azerbaijan e Mahomet andavam por um poeirento e tortuoso caminho entre palmeiras. Ao longo de galpões de bambu se viam filas de velhas lavando açafrão; mais adiante, junto a um muro cinza de pedra e adobe, três anciãos de turbantes trabalhavam frente a um tear. Uma malaia fazia girar sua roda. Os homens levantaram a vista quando os dois maometanos passaram, e a mulher murmurou um conjuro para se proteger do mau-olhado.

– Junto à cadeira do Buda me espera um pescador de pérolas – disse, de repente, Mahomet.

– O que ele quer de você?

– É forasteiro. Disse que tem uma pérola...

– Roubada...

– Provavelmente...

– Deveríamos vê-la.

A cadeira do Buda, um tronco tão caprichosamente queimado por um raio que, em carvão, como em um floco de neve, tinha ficado esculpida a figura do solitário, ficava em uma curva que levava à entrada do bosque.

Agora os dois sócios caminhavam ao longo de uma praia, frente ao oceano cintilante, achatado pelo pesado calor do sol. Algumas velas escarlates se dobravam sobre a superfície de água; os peixes voadores traçavam vertiginosas curvas; a cidade havia ficado para trás; tomaram o caminho que conduzia aos arrozais.

– O que pedirá o ladrão pela pérola?

Mahomet, cuja cara redonda e lustrosa refletia a paz, disse, estendendo o braço:

– Ali está.

Azerbaijan virou a cabeça. Não podia distinguir debaixo de qual árvore do bosque escuro se ocultava o ladrão da pérola. De repente, sentiu um golpe tremendo abaixo do coração; viu Mahomet, enorme como uma estátua, que empunhava uma faca gigantesca, e compreendeu que estava morto. Caiu com a cara na poeira. Como em um sonho, muito longe, sentiu que Mahomet, com mão impaciente, rasgava a faixa em seu peito, e tudo se tornou escuridão diante de seus olhos quando o mercador se apoderou do maço de rúpias indianas.

Lentamente, uma bandeja de sangue foi se formando na poeira. Mahomet se afastou, adentrando o caminho que levava à cadeira do Buda. Esse fato ocorreu no início de 1915.

Por volta de 1930, quinze anos depois da morte de Azerbaijan, um jovem, de aproximadamente dezoito anos de idade, montou sua tenda de barbeiro na frente do bazar dos Tecelões de Seda, que, em Tânger, é como a bolsa da seda. Nos primeiros tempos, o jovem raspava cabeças e barbeava junto à fonte onde todas as mulheres da plebe vão buscar água e murmurar sobre suas amas.

O Bazar dos Tecelões é um lugar importante, e a melhor forma de representá-lo é como um pátio com pedaços de ladrilhos vermelhos, em torno dos quais os arcos são enfeitados com arabescos em recantos escuros. Sob esses recantos abrem-se nichos profundos, onde reluzem rolos dos tecidos mais floridos que a imaginação de uma mulher negra pode cobiçar.

A principal tenda do Bazar dos Tecelões pertencia ao assassino Mahomet. Naturalmente, ninguém sabia que Mahomet havia assassinado, quinze anos antes, seu sócio Azerbaijan nos arredores de Colombo. Ademais, aquele foi o primeiro e último crime cometido por Mahomet, porque, desde aquele dia, o traficante cumpria escrupulosamente todos os deveres de um crente. Não faltava a nenhuma oração na mesquita, e nunca deixava de levar a mão ao bolso para fazer uma caridade ao cego, ao órfão ou ao enfermo. Desse modo, a vida de Mahomet florescia como sua barba, que, quando esquecia de aparar, reluzia negra como azeviche em torno de suas bochechas rosadas e polidas. Para divertimento dos seus sentidos, mantinha um harém com eunuco e várias escravas.

De maneira que, como já contei, foi em frente a esse bazar que o jovem estrangeiro instalou sua tenda de barbeiro. Embora fosse muçulmano, o barbeiro não era nativo da África, mas do Ceilão; sua pronúncia o denunciava, e Mahomet não deixou de estremecer quando soube que o barbeiro vinha do arquipélago; mas tranquilizou-se quando um criado lhe disse que era natural de Puloli, no extremo oposto de Colombo.

Durante algum tempo o jovem cingalês raspou barbas no meio da rua; então, mediante algumas moedas de prata, passou pelo zelador do Bazar dos Tecelões e um dia foi visto instalando sua cadeira e enfileirando suas afiadas navalhas sobre uma mesinha de cerejeira em frente à loja de Mahomet. Os comerciantes acharam confortável, na hora da sesta, sentar-se na cadeira e deixar-se raspar pelo homem da ilha.

Quando não tinha o que fazer, cantarolava. Sempre a mesma canção: “El Rasd ad-Dill”.

Aquele “si” bemol com que o barbeiro entoava a palavra “ja” inicial da canção dava nos nervos do puro Mahomet. E o artesão cantarolava:

Ja... si-hibu l hemmi di in-nel
hemma...

Às vezes o tecelão encontrava o olhar fixo do barbeiro nele, e então experimentava uma espécie de ansiedade estranha, um gênero de desconforto que o fazia mover a cabeça como se o colarinho de seu abotoado colete bordado em ouro ficasse demasiadamente justo em torno do pescoço; Mahomet, se vingava dessa inconveniência não recorrendo jamais aos serviços do barbeiro.

Apesar disso, o homem da ilha o saudava respeitosamente, como se o tecelão fosse seu pai ou o protetor de sua irmã e de sua mãe. Mahomet, arredondado, gordo, de bochechas lustrosas, recebia a saudação do rapaz das navalhas com ostensiva rigidez e dignidade. O jovem, porém, como se essa atitude não fosse com ele, puxava o irritante “si” bemol:

Ja... si-hibu l hemmi li in-nel
hemma...

Ao mesmo tempo em que cantava a irritante cançoneta, ajeitava uma de suas navalhas em uma tira de couro preta.

Indiferentes, todos os comerciantes do lugar se acostumaram a utilizar os serviços do cingalês, menos Mahomet, que sonhando uma noite que estava sendo barbeado pelo barbeiro de Puloli, despertou suando de terror.

Aquilo, no entanto, era estúpido. Mahomet era um honesto comerciante. Ninguém tinha nada a censurar-lhe, salvo, naturalmente, o assassinato de Azerbaijan, ainda que não existisse sobre a terra uma só pessoa que, naquele momento, lembrasse do homem morto perto da Cadeira do Buda.

Um gendarme se deteve diante de Mahomet:

– Meu cádi quer falar contigo.

– O cádi?

– Parece que um traficante, invejoso de tua prosperidade, te acusa de negociar com contrabandistas de seda.

– Vá, que já irei visitar meu juiz.

O comerciante ficou sozinho diante de seus rolos de seda, e involuntariamente tocou a bochecha com os dedos fazendo uma forquilha. Estava barbudo, não podia se apresentar assim diante do cádi; semelhante falta de respeito não inclinaria o juiz à equidade nem à benevolência. Não tinha tempo de ir até a quinta de Marshan.

E, precisamente ali, de braços cruzados frente à sua cadeira, estava o mancebo cingalês cantarolando, como de costume, o irritante "si" bemol:

Ja... si-hibu l hemmi li in-nel
hemma...

Fez um sinal para o barbeiro, e este se aproximou do opulento mercador:

– Traz tua cadeira. Terás a grande honra de cortar minha barba.

O homem do Ceilão inclinou-se respeitoso. Em seguida, diligentemente, entrou com sua cadeira na tenda do assassino de Azerbaijan. Mahomet acomodou-se, o barbeiro pôs em torno de sua garganta uma toalha que lhe caía sobre o peito como um babeiro, e, depois de umedecer o pincel, começou a ensaboar as bochechas do tecelão. O pincel, carregado de espuma, ia e vinha pelo rosto do comerciante e rodopiava pela extensão da barba dura.

Mahomet, com a nuca apoiada no espaldar da cadeira, espiava o barbeiro por entre as pálpebras fechadas enquanto enfileirava as razões que apresentaria ao cádi.

O homem do Ceilão se inclinou e pegou uma navalha. Uma navalha pesada, de lâmina larga, que começava a passar cuidadosamente sobre uma tira de couro...

– Apure-se – resmungou Mahomet.

O barbeiro passou mais duas vezes a navalha sobre a palma da mão e se inclinou sobre Mahomet, suspendeu a navalha sobre a garganta do tecelão e sussurrou para ele com voz extremamente doce:

– Te lembras de Azerbaijan?

Mahomet arregalou os olhos espantado com sua situação, sem ousar se mexer.

– Está escrito que Alá perde aos que quer perder, irmão. Está escrito. Te lembras do nobre Azerbaijan? Tu o deixou para morrer junto à Cadeira do Buda, ele, porém, viveu tempo suficiente para jurar à minha mãe que eu, seu filho, o vingaria. Foi fácil para mim te encontrar. Minha mãe sabia que virias a Tânger deslumbrar os crentes com tua fortuna roubada.

Grossas gotas de suor brotavam na fronte de Mahomet. Sua boca entreaberta deixava à mostra o fundo da garganta, e não ousava se mover. Percebeu que o barbeiro estava ali, há dois anos, trabalhando no Bazar dos Tecelões com o fim exclusivo de se vingar cortando-lhe o pescoço.

– Podes rezar "a oração do medo"– sussurrou o homem do Ceilão –. Talvez o Misericordioso leve isso em conta.

A poucos passos do tecelão, seus colegas, agrupados em torno de um vendedor de chá, riam de uma história sobre mulheres negras. E não suspeitavam que ele estava nas mãos de um homem que, dentro de instantes, o degolaria como se fosse um cordeiro, profundamente; e já sentia a lâmina da navalha penetrar em sua carne, e queria gritar e não podia. Grandes nuvens vermelhas passavam diante de seus olhos; o homem do Ceilão parecia um gigante inclinado sobre ele entre blocos de montanhas escarlates. Dentro do seu corpo uma tensão misteriosa o asfixiava, retorcendo-lhe fibra por fibra; de seu inimigo agora só distinguia a dupla fileira brilhante de dentes brancos; e, de repente, ao sentir o aço frio roçando sua pele, uma dor atroz, como a dor de uma mordida em seu coração, lhe paralisou a respiração. E subitamente, o corpanzil encolhido relaxou sobre o espaldar da cadeira, e a cabeça deslizou para um lado.

O mancebo recuou. Um filete de sangue escorria da boca do tecelão. E o mancebo compreendeu que Mahomet havia morrido de medo.

A corrente da âncora

Quando, no final do ano de 1935, visitei Marrocos, o tema geral das conversas girava em torno das atividades dos espiões das potências estrangeiras. Tânger havia se convertido em uma espécie de quartel-general dos diversos Serviços Secretos. Em Algeciras começava essa atmosfera de turva vigilância e contra-vigilância que se estende da costa da África até o Mediterrâneo.

Entre as verídicas histórias e aventuras de espiões que me foram narradas, esta que se intitula "A corrente da âncora" é a que reputo a mais terrível.

Estava uma noite sentado à mesa de um café desse pátio de rua que se chama Pequeno Souk de Tânger, em companhia de um homem uniformizado com o modestíssimo traje azul de agente de hotel. Esse homenzinho, de olhos repletos de malícia, via passarem os burros dos nativos entre as mesas, enquanto me dizia caridosamente:

– Na África, não fale nunca de política. Desconfie sempre e de todo mundo.

Seguindo seu conselho, comecei a desconfiar dele.

Fazia o serviço de corretor de hotel entre dois importantes estabelecimentos de Algeciras e Tânger. Ou seja, um pé na Espanha e outro na África. Seu verdadeiro ofício era o de policial. O que ignoro é a qual polícia servia, se à inglesa, à francesa, à espanhola ou à italiana. Era muito amigo de outro homem, que cuidava da bomba de gasolina estrategicamente localizada na saída da estrada que leva de Tânger a Tetuán.

O homem da bomba de gasolina era um cidadão de cara rosada, olhos azuis celestes e sorriso estúpido, que falava francês, inglês e... árabe. Sobre esse cidadão modesto, que conhecendo três idiomas se dedicava a cuidar de uma bomba de gasolina, me disse um dia Sergia Leucovich:

— Observe. Esse homem no local onde trabalha controla a conexão de todo o trajeto que vai de Tânger a Melilla, a Ceuta ou a Tetuán.

O homem da bomba de gasolina pertencia ao Intelligence Service.

Estava, como comecei a narrar, uma noite sob as lâmpadas voltaicas do Pequeno Souk com o corretor de hotéis, que nunca tirava o uniforme azul e o boné de imensa viseira de borracha, quando calhou de passar, conduzido por um guia, um europeu gigantesco, andrajoso, cego, cabeludo como um nativo de Borch, a barba em colar e os pés calçados em chinelas de pele de cabra. Estendeu a mão e todos deixaram cair algumas moedas em seu pires. Quando o mendigo se afastou, o corretor de hotéis me disse:

– Viu bem esse homem, não viu?

– Bastante.

– E o que você acha que ele é?

– Não sei, homem!

– Pois esse cego é um oficial da marinha.

– Oficial da marinha... e mendigando!

– Estaria interessado em conhecer essa história?

– Sim.

O corretor de hotéis se recostou na cadeira, pediu um chá verde ao camareiro e começou seu relato:

— Para Leonesa, acusada do assassinato de um oficial da marinha britânica, teria sido melhor que uma coincidência jamais a tivesse poupado da forca que a esperava na Inglaterra. Ela tinha matado para se salvar; possivelmente o que interessava à polícia britânica não era castigar a assassina de um súdito de sua Majestade, mas o Intelligence Service também precisava interrogá-la.

"De certa forma, o responsável por tudo que aconteceu foi o fotógrafo judeu Ismael Abraham, agente confidencial do caudilho muçulmano nacionalista Yama Mohamed, neto do grande Raisuli.

"A coisa ocorreu assim:

"Ismael Abraham entrou no escritório da polícia marítima do porto de Ceuta. Tinha que carimbar seu passaporte, pois nessa noite embarcaria para Málaga, onde cuidaria de diversos assuntos. Ismael entrou na repartição de polícia e fez estes gestos:

"Enfiou a mão no bolso interno de seu casaco e tirou uma agenda preta. Dentro da agenda preta estava seu passaporte. Deixou a agenda preta sobre a mesa e entregou o passaporte ao oficial. Ele conhecia o fotógrafo e conversaram sobre algumas banalidades. O oficial carimbou o passaporte de Abraham e o fotógrafo colocou no bolso o passaporte e a agenda. Em seguida saiu a caminhar pelas docas em direção à companhia de navegação.

"Entretanto, na metade do caminho teve uma sensação estranha. Seu bolso estava excessivamente volumoso. Possivelmente tinha colocado a agenda no forro do casaco e não no bolso, e ela estava prestes a cair. Enfiou a mão no bolso e teve uma surpresa extraordinária. No bolso havia duas agendas em vez de uma: a sua e uma outra, com os cantos avermelhados.

"Inadvertidamente tinha levado uma agenda que estava sobre a mesa do escritório da polícia marítima. Abriu a agenda e encontrou vários telegramas. Um deles dizia: 'Vigie-se escrupulosamente o cidadão Italo Lonberti. Usa armas'.

"Outro: 'Detenha-se Leonesa Bolesvi, acusada do assassinato de um oficial da marinha britânica. Leva consigo uma máquina para criptografar telegramas'.

"Aquilo da máquina para criptografar telegramas foi uma surpresa para o agente de Yama Mahomed, pois ignorava a existência de tais aparatos.

"A seguir outro telegrama: 'Leonesa Bolesvi encontra-se em Tânger ou Tetuán, mas se sabe que tem que chegar a Ceuta. Vigie-se a casa de Antón López e a de Efraín o Negro na Cuestecilla del Monte'.

"Quando o fotógrafo Abraham terminou de ler esses telegramas, tinha esquecido totalmente do que conversara com o oficial do posto. Agradeceu a Jeová.

"A casualidade, a mais extraordinária das casualidades havia lhe proporcionado servir a Yama Mahomed. A informação lhe renderia uma boa mala de duros 'assanis', pois Leonesa estava escondida na casa do neto de Raisuli. O que a embaixada inglesa possivelmente ignorava é que Leonesa pensava em ir ao Cairo.

"Era necessário estabelecer comunicação com Yama Mahomed, mas ele não podia utilizar o telégrafo. O telefone de sua casa também devia estar sob o controle da polícia; o único recurso era escrever, porém, recentemente, ficara sabendo por um funcionário nativo que no correio central havia um posto de polícia onde eram abertas todas as cartas de indivíduos considerados suspeitos de espionagem ou atividades políticas. As cartas eram fotografadas e depois remetidas ao destinatário.

"Quando o fotógrafo chegou à estação de onde saíam os ônibus de Ceuta para Tânger, fazia cinco minutos que havia partido o último carro. Refletiu um instante e então resolveu contratar um automóvel para voltar a Tânger.

"À uma da manhã, Abraham entrava no jardim de palmeiras de Yama Mahomed. O neto de Raisuli escutou o relato do fotógrafo, e sua mão esquerda, involuntariamente, começou a esfregar sua barba preta. O detalhe da máquina para criptografar telegramas indicava plenamente que Leonesa havia sido delatada por alguém muito próximo. Yama examinou o rosto do fotógrafo, e lhe disse:

"— Espere-me.

"Em seguida, cruzou o jardim de palmeiras lentamente. Estava apreensivo.

"Yama deixou as chinelas na entrada de seu quarto e entrou descalço. Estendida em umas almofadas, fumando e lendo o 'Morning Post', estava Leonesa. Yama sentou ao seu lado, sobre uma esteira, e lhe disse:

"—Te delataram. Leia — e entregou-lhe os telegramas.

"Leonesa cruzou as pernas à maneira oriental; vista de soslaio à luz da lamparina, expunha o perfil de uma ave de rapina com a cabeça recoberta de um ondulado capacete de cabelos ruivos. Em seguida murmurou:

"— É curioso. O único que sabia que eu levava uma máquina de cifrar telegramas era o subsecretário de Relações Exteriores. Ele e o ministro.

"— Pois um dos dois te delatou.

"— Deve ser o subsecretário.

"— Poderia ser o ministro.

"— É o subsecretário; mas me escute, Yama. Tenho que ir para o Cairo.

"— Vais te meter na própria boca do lobo!

"— Conheces alguém que possa me levar?

"— Por terra é impossível. Será fácil para ti escapar da polícia inglesa, mas o melhor é que vá por mar.

"— Se os ingleses me pegam, me enforcam.

"Yama esfregou a barba e disse:

"— Nunca se deve matar a não ser em caso de extrema necessidade. (Se referia ao oficial assassinado por Leonesa.)

"— Precisamente, esse foi um caso de extrema necessidade.

"Yama acendeu um cigarro, e com expressão sonolenta contemplou as volutas. O único que podia servir-lhe era René Vasonier. René Vasonier era primeiro oficial do 'La Nuit', um paquete de dez mil toneladas que fazia o serviço de cabotagem entre Tânger e o Cairo. René não conhecia o neto de Raisuli, mas o caudilho árabe conhecia as atividades do primeiro oficial. Este contrabandeava haxixe e se dedicava ao tráfico de brancas como agente de Giacomo Nigro em toda a costa mediterrânea.

O capitão do navio não suspeitava dessas atividades estranhas de seu primeiro oficial. O contrabando de haxixe ou de mulheres era feito desta maneira:

"À meia-noite, pelo buraco da corrente da âncora esquerda, saía uma escadinha de cordas e um homem subia pela escadinha, e pelo buraco de saída da corrente da âncora atirava os pacotes de haxixe. As mulheres entravam pela borda e, como um torpedo, eram introduzidas no tubo por onde passava a corrente da âncora. O abrigo era seguro; o capitão do 'La Nuit', nos dez anos em que comandava o navio, não havia utilizado uma só vez a âncora esquerda da nave. Ela havia se transformado em uma supérflua decoração do buque.

"Precisamente, há dois dias, 'La Nuit' havia ancorado em Tânger. Yama examinou a espiã e lhe disse:

"—Te atreverias a viajar enfiada em um tubo de aço?

"— Um tubo de aço?

"O neto de Raisuli lhe explicou do que se tratava. Leonesa, atentíssima, escutava.

"— É seguro?

"— Em todas as viagens o oficial leva e traz. Umas vezes é haxixe e, em outras, mulheres.

"— Perfeitamente; fale com esse homem.

"E essa é a razão pela qual no dia seguinte René Vasonier foi à tenda do fotógrafo judeu, se fez fotografar ostensivamente e depois ouviu uma história sobre Leonesa, na qual não acreditou em nenhuma palavra. Mas o fotógrafo lhe entregou um pacote com cinco mil francos e disse:

"— Yama Mahomed, o neto de Raisuli, te recomenda essa mulher.

"René Vasonier compreendeu que o destino de todos os seus futuros negócios estava nas mãos daquele homem, então respondeu gravemente:

"— Diga a teu senhor Mahomed que toda a polícia da Inglaterra não seria capaz de impedir que essa mulher entre no Cairo.

"O fotógrafo continuou:

"— Virás nesta tarde buscar as fotografias, então te direi o que deve ser feito.

"Na noite desse mesmo dia, faltando pouco para amanhecer, um bote deslizou junto ao 'La Nuit'; uma escadinha de cordas foi lançada de um lado escuro da popa, e Leonesa, envolta em um casaco impermeável com capuz, subiu ao buque. O primeiro oficial em pessoa a esperava. Desceram umas escadinhas, deslizaram ao largo de superaquecidos corredores de chapas de ferro, e depois de atravessar uma galeria do porão chegaram ao tubo da corrente da âncora.

"— Será extremamente incômodo — disse o oficial —, mas é o único lugar do buque que a polícia jamais revistará.

"Leonesa o escutava com gravidade.

"— À meia-noite sempre trarei a comida. Entre no tubo, não pela cabeça, mas pelos pés. Queres que deixe haxixe para esquecer do tempo?

"— Não.

"— Entre. Amanhã zarpamos na primeira hora.

"'La Nuit' devia sair de Tânger às sete da manhã, mas às cinco, inopinadamente, apareceu a polícia francesa. Acompanhada por dois oficiais da polícia inglesa e um funcionário da embaixada. O navio foi revistado escrupulosamente, mas não ocorreu a ninguém olhar o tubo da âncora.

"Quando Yama Mahomed ouviu o relato sobre a revista no navio, sorriu satisfeito. Seria extraordinariamente útil à causa do nacionalismo árabe. No Cairo poderia reorganizar o serviço de espionagem do movimento, que havia sido interrompido por numerosas detenções.

"Leonesa entrava e saía de seu redondo esconderijo negro como uma toupeira de galerias subterrâneas. Durante o dia era absolutamente proibido sair do tubo de aço; à noite deslizava para fora dele, o corpo marcado pelos elos da corrente da âncora, os ossos doloridos.

"Mais de uma vez ficou tentada a pedir haxixe ao oficial, mas pensava que uma noite René Vasonier apareceria dizendo-lhe:

— Chegamos. Saia. — E então ela respiraria o ar puro da noite, abandonaria para sempre aquela sepultura de aço em cujas trevas arredondadas jazia como um cadáver.

"Quando estava deitada no interior do tubo da corrente da âncora quase não podia se mover. Uma pequena tira de lona a separava dos elos da corrente. Dormia ou meditava projetando seus planos para o futuro, para todas as probabilidades que lhe oferecia sua existência de espiã.

"René Vasonier havia se insinuado uma vez para tornar mais agradável a viagem durante a noite, mas Leonesa escutou suas palavras amáveis com indiferença. O homem lhe desagradava. René Vasonier não se atreveu a insistir. Por trás dela estava, dura e ameaçadora, a figura de Yama Mahomed, o neto de Raisuli. Leonesa lhe pediu cigarros, uísque, e ele os trouxe. A partir do quarto dia de viagem, Leonesa começou a se embriagar sistematicamente. Só assim era possível viver dentro do tubo de aço, cuja glacial vibração se comunicava a todo seu corpo como o bafo de um monstro que a estivesse digerindo na escuridão de seu estômago.

"Às vezes se detinham em portos, onde o buque permanecia imóvel um dia ou dois, em seguida partiam; quando ancoraram em Malta, uma força policial revistou novamente o navio. Dessa vez eram ingleses; ela os ouvia falar ao longe; por entre as cargas da estiva; depois se foram, sobreveio o silêncio, e à noite partiram.

"René Vasonier estava satisfeito. A nova relação com Yama Mahomed abria amplas perspectivas para seu tráfico ilegal. O capitão do 'La Nuit' era um imbecil; não se inteiraria jamais de suas atividades. Yama Mahomed podia lhe fornecer trabalho abundante; os interesses secretos que corriam do Cairo a Tânger, sob a forma de relatórios, pacotes estranhos, armas contrabandeadas e pessoas em fuga constante, aparição e desaparição, lhe asseguravam com sua intervenção cúmplice um destino magnífico e surpreendente.

"Transcorriam os dias; somente quando entraram em Port Said, o capitão do 'La Nuit', Piontevil, reparou que o mar estava excessivamente agitado. Vasonier também observou que os navios junto à muralha da cidade balançavam constantemente.

"Piontevil, da ponte de comando, olhou para o seu oficial e exclamou:

"— Desçam as duas âncoras!

"René deixou de vigiar a manobra e voltou-se espantado:

"— As duas âncoras? Sempre trabalhamos com uma, capitão.

"— Isso está muito agitado.

"René sentiu que um suor frio banhava seu corpo com uma viscosidade repugnante. As duas âncoras? Não era possível. E a mulher que ia metida no tubo de aço? A aventura se transformava em uma tragédia. Balbuciou:

"— Faz uns dez anos que essa âncora não funciona, capitão.

"Piontevil não o escutava, observando o meio-dia de Port Said e seus confins de espuma agitada.

"Enquanto isso o primeiro oficial dizia a si mesmo que revelar a fugitiva era colocar em risco sua carreira, submeter-se a um processo por suborno. Calar-se era condenar a mulher à morte. Mas sua carreira...

"— As âncoras! — gritou Piontevil.

"Já não havia tempo de avisar a mulher. O capitão do 'La Nuit', sem esperar que seu oficial desse a ordem, gritou pelo megafone:

"— As duas âncoras! — E então René fez um sinal para os homens dos guinchos do vapor. As alavancas rangeram, uma pequena nuvem de fumaça escapou dos cilindros oxidados, um tambor começou a girar, e de repente um grito agudíssimo atravessou o ar sobre a superfície do mar; todos se olharam sem conseguir identificar de onde vinha aquele grito; em seguida irrompeu outro mais agudo e cheio de horror, as correntes rangiam nas escotilhas e não se escutou mais nada.

"A duas âncoras entraram na água agitada; de repente, um pescador que rondava o navio em seu bote exclamou:

"— Tem uma perna saindo pela escotilha!...

"Todos os desocupados do porto correram para olhar.

"Do olho de aço, por onde havia deslizado a corrente, pendia uma perna de mulher. Fios de sangue coagulavam no aço do casco.

"Dois anos depois desse acontecimento, René Vasonier ainda não conseguia trabalho em nenhuma companhia marítima.

"Um dia em Paris encontrou com o fotógrafo Abraham, o mesmo fotógrafo de Tânger. O fotógrafo não lhe perguntou nada sobre o destino daquela desconhecida que embarcara uma noite no porto de Tânger. René pensou:

"— Esqueceram.

"A morte de Leonesa se apagava de sua mente. Outro dia voltou a encontrar-se com um arquiteto italiano de Tânger. Ofereceram-lhe trabalho nas construções de cimento armado da colônia italiana. Aceitou. Passavam os meses; o drama teve menos repercussão do que ele supunha. Uma vez perguntou por Yama Mahomed e lhe disseram que estava longe. A tragédia de Port Said foi um mau negócio. Mas ele se levantaria novamente. Uma noite, dirigindo-se a Ceuta pouco depois de sair de Borch, seu automóvel tropeçou em um homem deitado na estrada. Ele parou, abriu a portinhola; quando colocou o segundo pé no chão, um pedaço de pau caiu sobre sua cabeça; quando acordou estava amarrado de pés e mãos; dois homens encobertos pelo capuz da djellaba, com espessas barbas até as maçãs do rosto, olhavam para ele em silêncio. Um terceiro atiçava o fogo em um fogareiro onde avermelhava lentamente uma barra de ferro.

"Quando a haste incandescente alcançou um tom vermelho esbranquiçado, os dois homens se precipitaram sobre ele; com seus dedos robustos lhe abriram as pálpebras, enquanto o terceiro aproximava a ponta da barra de ferro incandescente, primeiro de um olho, depois do outro.

"Desmaiou. Algumas horas depois foi encontrado por uns turistas. O desamarraram, mas René Vasonier não pode vê-los. Estava cego.

Acidentado passeio a Moka

Quando o "Cavalo Verde" saiu do porto de Santa Isabel, o nobre ancião, cotovelos apoiados na passarela da embarcação, carregada de negros hediondos e pirâmides de bananas, me disse enquanto via a ilha de Fernando Poo diminuir à distância:

– Como tudo isso mudou! Quanto! E de que maneira!

Cravei os olhos no rosto do nobre ancião, que em sua juventude havia sido um conspícuo bandido, e balancei também a cabeça, como se participasse de seus sentimentos. O velho continuou:

— Foi lá pelo ano 80. Não existia nem o porto que você viu nem a catedral com suas duas torres de cimento, nem o hospital, nem a Escola de Artes e Indústrias, nem a iluminação elétrica na rua de Sacramento, nem negros de bicicleta. Não. Nada disso existia.

Fixei o olhar nas costas de uma baleia que submergia e em seguida lançava um jato d'água no espaço, mas o velho bandido não viu a baleia. Seu olhar estava preso no passado. Emocionado, prosseguiu:

— Quando cheguei a Fernando Poo, a alfândega era uma cerca de bambu e a Casa de Governo uma choça no sopé da colina. Alguns nativos descalços, enfiados em fraques onde haviam costurado dragonas de ouro e cartolas, desempenhavam funções burocráticas com um punhal na cintura e um guarda-chuva na mão. No lugar onde hoje se encontra a catedral de Santa Isabel conheci o rei dos bupíes, um safado pintado de amarelo ocre que se pavoneava, seminu, pela ilhota, coberto com um chapéu de mulher e dez colares de vértebras de serpente pendurados no pescoço. Quando comia na presença de forasteiros, uma de suas mulheres, ajoelhada diante dele, segurava nas mãos o prato de madeira no qual eu e ele enfiávamos os dedos para pegar punhados de arroz que comíamos depois de amassar e fazer uma bola, porque esse era o costume.

O nobre ancião balançou a cabeça.

— Quanto, quanto mudou tudo isto! África já não é África. África morreu, meu querido jovem.

Não respondi nenhuma palavra, embora tenha ficado lisonjeado com o epíteto de jovem. A costa da ilha se distanciava; os cumes acobreados da cratera de San Agustín e o pico de Rosa Gándara sobrepunham suas massas triangulares no horizonte; a bola de fogo do sol naufragava em um mar ígneo de lãs escarlates.

Subitamente a imensidão atlântica pareceu inflamar-se como uma pedra vermelha, o vermelho subiu pelos flancos do "Cavalo Verde", sob as pontes; os negros pareciam diabos amontoados em uma caldeira, as pirâmides de bananas irradiavam uma atmosfera avermelhada e a ilha de Fernando Poo, enegrecida num jogo de contraluz, nesse fundo de fogo, ficou tingida de violeta. Magicamente seus vales se carregaram de névoas violetas, seus montes esculpidos em blocos de veludo violeta, e de repente, pelo rosto do nobre ancião, rolaram duas lágrimas, a que o reflexo vermelho do Atlântico deu a aparência de lágrimas de sangue. Então, bruscamente, se fez a noite. O tantã dos negros ressoou a bordo do "Cavalo Verde"; uma lua perolada fosforeceu na imensidão entre enormes estrelas transbordantes de trêmulas luzes, e o nobre ancião, que em sua juventude havia sido um conspícuo bandido, disse, enquanto vertia sobre o gelo de seu copo o ouro de um velho uísque:

— Esta tarde lembrei de minha primeira viagem ao vale de Moka. Eu tinha dezoito anos. Tudo aconteceu na primavera do ano 80.

"— Minha cabana de galhos e teto de folhas de palmeira ficava na ilha de Leben. Ali me dedicava a viver pelado pelas enseadas. Uma manhã, como de costume, meu criado Alí me despertou com suas palavras rituais:

"— Bendito seja teu dia...

"Alí era um garoto de quinze anos, que eu encontrei vagabundeando, morto de fome às margens do Rio de Ouro. Quando esbarrei com ele andava descalço, seu turbante era um trapo indecente e sua djellaba envergonharia a um mendigo do souk. Para compensar essa pobreza de bens terrenos, Alí era valente como um tigre e erudito como um ulemá[1], pois falava holandês e um montão de dialetos africanos. Contra a seca carne do peito guardava um punhal.

"Dei um jeito na aparência de Alí dentro das possibilidades de meus recursos, e o levei comigo para a ilha de Leben, na de Fernando Poo.

"Agora estava na minha frente, mais preguiçoso e sonolento do que nunca, resmungando com a boca aberta em um bocejo:

"— Bendito seja teu dia. Ali estão os homens que te conduzirão a Moka.

1 Sábio muçulmano versado em teologia e direito islâmico.

"Há vários dias tinha dito a Alí que queria visitar o vale de Moka. O vale de Moka, antes que os brancos o estropeassem, era um paraíso de samambaias em cujo centro uma fonte de água fervente liberava vapores venenosos que matavam os pássaros que cometiam a imprudência de entrar na atmosfera de suas emanações de óxido de carbono. Os negros bupíes diziam que o diabo vivia no vale de Moka.

"De certo modo, minha aventura era insensata, porque o calor aumentava mais a cada dia. Chuvas constantes sucediam sóis de fogo, mas eu estava disposto, a qualquer custo, a me exercitar na vida selvagem dos bosques tropicais, pois tinha o projeto de assaltar no inverno seguinte um importante banco de Calcutá e fugir através da selva; mas para fugir através da selva era preciso conhecer a selva, estar familiarizado com seus perigos, com seus homens, com seu mistério.

"Tal era a razão pela qual eu me via agora caminhando, através de uma densa floresta, em companhia de um moleque maometano e quatro autênticos selvagens. Estes últimos tinham o rosto marcado por cicatrizes horizontais. Andavam em fila indiana, completamente nus, exibindo barrigas enormes em corpos magrelos, com colares de vértebras de serpente em torno do pescoço para livrar-se do mau-olhado dos gênios malignos da selva. Sobre suas cabeças cacheadas carregavam os sacos de arroz, cacau e café que necessitávamos para sobreviver em meio à selva. Também levávamos alguns frascos de pólvora para os chefes selvagens que encontrássemos no caminho. Eu ia armado com uma magnífica carabina, revólver e punhal. Meu plano era meter os nativos no vale de Moka e obrigá-los a cruzar o vale na direção contrária da que tinham vindo, lição que devia ser rica em experiências para mim e para Alí, que eu pensava converter em um eficiente ajudante de bandido.

"Durante os primeiros dias de viagem, quero dizer, nas primeiras horas, a paisagem me extasiou violentamente. Meus homens, alguns com facões pré-históricos, outros com machados de estranha procedência, abriam caminho pela cortina vegetal que filtrava em verde a luz solar. Em certos momentos parecíamos mergulhadores no fundo do mar, tão perfeita era a atmosfera verde na qual nos movíamos constantemente. Nossa pequena caravana era acompanhada pelos arrulhos das pombas silvestres, pelas vozes atrozes dos papagaios, pelos roncos dos filicoti[2], pelos gritos esganiçados dos macacos, fugindo rapidamente pelos galhos mais altos.

"Alí, contra seu costume de ir pisando em meus calcanhares e de me adular conscientemente sempre que suspeitava que poderia me agradar, caminhava agora junto aos bupíes, que tal é o nome dos selvagens de Poo, melancolicamente angustiado.

"Atribuí seu silêncio à fadiga, que eu também começava a sentir por caminhar continuamente sobre um tapete quebradiço de folhas secas ou podres, cujos vapores penetravam pelas narinas até martelar sua nevralgia nas têmporas. Às vezes levantava a cabeça; lá em cima, muito alto, se via a cúpula das árvores cujo nome ignorava, mas cujo tronco áspero ou lustroso, com folhas grossas ou transparentes, sustentava em seus galhos arqueados inumeráveis cipós, manchados de estrelas escarlates ou cálices brancos.

"De repente Alí fez um sinal para mim. Me aproximei, e ele me disse:

"— Estes cães inimigos do Profeta sabem que estou doente.

"Olhei para ele, surpreso, para ele e para os carregadores.

"De fato, os bupíes deviam desconfiar da natureza da doença de Alí, porque falavam vivamente entre eles. Levei minha mão à testa

2 Não foi possível identificar a espécie a que Arlt se refere.

de Alí. Queimava de febre. Tomei seu pulso. O coração parecia querer saltar de seu peito.

"— Façamos o seguinte — disse —. Diga aos homens que busquem folhas de palmeira, que ficaremos aqui até amanhã.

"Alí falou com os nativos; eles deixaram suas cargas no chão e se afastaram para recolher folhas de palmeira para cobrir a choça que tinham que fabricar.

"Alí deixou-se cair no chão e semicerrou os olhos. Assim ficou durante uma hora. Ao longe se escutava as vozes dos carregadores bupíes. Alí, com a cabeça apoiada no tronco, cochilava. De repente se pôs de pé, soltou um grito, começou a correr, bateu de cara em uma árvore e caiu. Me inclinei sobre ele para examiná-lo, então, em seu braço amarelado, vi uma leve mancha escarlate que espalhava seus arabescos.

"Me afastei estremecido.

"Não havia dúvida. Alí estava sob o efeito do primeiro ataque da doença do sono.

"Como se a minha descoberta tivesse aterrorizado a natureza a meu redor, um silêncio imponente pesava sobre a floresta. Já não se escutava as vozes dos bupíes.

"Aturdido pela surpresa, sentei no tronco de uma árvore derrubada por um raio. Não estaria infectado também? Não podia ignorar as consequências dessa terrível enfermidade tão contagiosa quanto incurável. No Congo, mais de uma vez havia encontrado negros acorrentados pelo pescoço a grossas árvores para que não pudessem perambular pelos povoados propagando sua peste. Lá, no fundo do matagal, uma tarde, não muito distante do Rio de Ouro, descobri um alucinante grupo de negras e negros em diferentes estágios da doença. Alguns dormindo, com a pele colada aos ossos, outros com as pálpebras tão inflamadas que mal podiam mantê-las abertas. Alguns, meio imersos, como espectros de cinzas, pediam esmolas desde seus leitos de folhas secas. Outros, completamente imóveis, grudados no chão, com as pernas encolhidas, pareciam mumificados em sua extremíssima magreza. Nuvens de mosquitos pairavam sobre seus corpos de mortos vivos.

"Que fazer?

"Se abandonasse Alí na selva, o devorariam as feras, as formigas gigantes, os abutres. Se o levasse comigo, me infectaria, se é que já não estava infectado. Que fazer? Alí estava perdido, e talvez eu também estivesse perdido. Dos bupíes não se escutava uma única voz. Haviam nos abandonado, aterrorizados pela doença cuja periculosidade conheciam.

"Peguei meu revólver, me aproximei de Alí e apontei cuidadosamente a arma para sua cabeça. Soou um estampido. Alí não sofreria mais.

"Agora o que eu tinha que fazer era voltar a Leben. Fazia sete horas que havíamos saído da ilhota; a noite estava próxima. Passaria a noite na selva, e no dia seguinte regressaria pelo caminho aberto pelos machados e facões dos bupíes.

"Desviando do cadáver de Alí, me aproximei do lugar onde os nativos haviam abandonado os sacos de provisões, preparei um pouco de cacau, e devastado pela fadiga, pensando atrapalhadamente que eu também podia estar enfermo da doença do sono, apoiei a cabeça em um saco, e sob a escuridão da ramagem adormeci.

"Um grito espantoso me despertou durante a noite.

"Me pus de pé na escuridão. Estava rodeado de galhos de árvores sobre os quais se moviam lantejoulas fosforescentes. Eram as pupilas dos pássaros que refletiam em seu fundo a luz da lua, invisível do lugar de onde eu olhava.

“Estremeci, úmido de orvalho. Nem um grito nem uma voz na selva, de onde havia irrompido tão espantoso uivo. Por momentos se ouvia o ruído de um esquilo deslizando sobre as folhas secas, ou o roçar de um réptil a se esgueirar.

“Tomei meu pulso. O coração batia perfeitamente.

“A selva permanecia em um silêncio total, um silêncio como o que provoca a presença de um ser vivo entre as bestas. No entanto, nada denunciava o homem nem o selvagem, a não ser esse silêncio enfeitado lá no alto pelas lantejoulas fosforescentes que se moviam com reflexos amarelos.

“Contudo, um grito terrível, próximo dali, tinha me acordado. Quem havia gritado?

“Devia ser tarde da noite, porque acima, entre os galhos das árvores, as grandes estrelas próximas pareciam flutuar em um tanque de água verde.

“Cautelosamente sentei no chão e me pus a esperar o dia chegar. Pensei que tinha razão de sobra quando achei que era necessário treinar para fugir através da floresta. Não tínhamos nos afastado mais que umas horas da beira d’água, e já se apresentavam dificuldades insuperáveis.

“Adormeci outra vez. Quando acordei, o sol estava alto. De repente chamou minha atenção um bando de macacos gritando na copa de uma árvore, uns mostrando para os outros, como seres humanos, algo que eu não podia ver do lugar em que me encontrava. Lembrei do grito da noite e trepei numa árvore para examinar.

“Do galho mais alto, onde eu já tinha me empoleirado, só se distinguia uma espécie de pracinha ou clareira na mata. Nada mais.

Contudo, os macacos gritavam e mostravam algo uns para os outros que eu não podia ver. Desci da árvore e comecei a abrir caminho entre os cipós da cortina vegetal até a clareira misteriosa. Trabalhava alegremente, apesar da terrível temperatura, porque pensava que essa disposição indicava que eu ainda não estava infectado pela doença do sono.

"Finalmente cheguei à clareira.

"Ali, ao rés do chão, se via a cabeça de uma negra adormecida ou morta, já que estava de olhos fechados. Aquela cabeça parecia ter sido cortada e deixada expressamente no chão. A alguns metros da cabeça, separada do braço, se via a mão direita da negra. Tinha sido cortada com uma machadada.

"O corpo da negra estava enterrado no chão até o queixo.

"O castigo que os bupíes infligiam às mulheres que cometiam o crime de adultério ou que abandonavam a selva para viver com um estrangeiro. Me inclinei sobre a negra. Essa cabeça de olhos fechados ao rés do chão oferecia um espetáculo estranho. Levantei uma pálpebra da cabeça. A negra estava viva.

"Olhei ao redor. A tribo que a castigou ali, tinha deixado esquecida, há pouca distância, uma pá de madeira. Corri até a pá e comecei a remover a terra do buraco em que a negra estava enterrada. O suor escorria pelo meu pescoço. Descarregava e descarregava pás de terra, e a negra não abria os olhos. Toquei-lhe a testa. Se consumia em febre. Finalmente, evitando ferir o seu corpo, abri o buraco e consegui retirar a negra ainda viva de sua sepultura. Os negros que a mutilaram envolveram seu coto com ervas, a fim de evitar a hemorragia e prolongar assim sua agonia. Carreguei a negra nas minhas costas. Era uma moça jovem e bonita. Levei-a até o meu acampamento, na beira da nascente, e derramei um pouco de água entre seus lábios.

"Eu não era um sentimental; estava acostumado a considerar o negro no mesmo nível que a besta, mas essa negra de cara romboidal, jovem e já martirizada, despertou minha piedade. Abriu os olhos três dias depois que a retirei de sua sepultura. Me olhou, sorriu, e logo voltou a fechá-los. Finalmente reagiu, e por um daqueles milagres quase incompreensíveis, seu braço mutilado cicatrizou.

"Eu trabalhava alegremente para salvar a vida de Bokapi. Trabalhava alegremente como um escravo porque essa constante disposição para trabalhar indicava que eu não estava infectado pela doença do sono. Acho que foi a primeira vez na minha vida que trabalhei. Tinha que buscar água, preparar o arroz, afugentar da cabana todo tipo de bichos: gafanhotos, gorgulhos, formigas, grilos, libélulas. Lembro de um dia em que matei uma aranha negra e peluda, grande como um caranguejo. Oscilando sobre suas patas de camelo, se aproximava de Bokapi, que dormia.

"Finalmente Bokapi me contou a origem de suas desventuras. Seu pecado consistia em ter ido viver com um mestiço.

"A coisa aconteceu assim:

"Na época, a cada três meses, chegava um navio ao porto de Santa Isabel. A chegada do navio era celebrada com uma festa fantástica. Na costa da selva, entre as canas de açúcar e as bananas, se formavam bailes de negros. Corriam latas de aguardente tenebrosa, fogo vivo que transformava o baile em uma orgia da qual os brancos também participavam. Em uma dessas festas ela conheceu o mestiço Juan, o amou e foi viver com ele nas proximidades da paliçada de bambu.

"O mestiço a amava o quanto pode amar um mestiço, e nunca lhe batia, nem de noite nem de dia. Mas apesar dessas virtudes, o mestiço adoeceu. Inutilmente o atendeu o marinheiro que era chefe da aduana, e depois o feiticeiro do povoado mais próximo. O mestiço morreu como Deus manda, e Bokapi ficou sozinha.

"A tribo na floresta não havia esquecido de sua deserção. Uma tarde em que Bokapi correu até a mata para buscar uma galinha, levou um golpe na cabeça. Quando acordou estava estendida no chão. Havia sido despojada de suas roupas; alguns bupíes armados com bambus aguardavam o momento de seu suplício. Primeiro um feiticeiro velho, envolto em inumeráveis colares de vértebras de serpente e com a cabeça enfeitada com cornos de antílope, lançou-lhe uma torrente de imprecações; depois, um grupo de velhas a açoitou com chicotes de cipó até que Bokapi desmaiou. Quando recobrou a consciência, estava apertada em um corpete frio que a paralisava inteira. Viu-se enterrada viva, com a cabeça ao rés do chão e um braço para fora da terra. Sombras injuriosas dançavam silenciosamente em torno dela; de repente as sombras se detiveram; o feiticeiro levantou o machado e o deixou cair.

"O tremendo grito que tinha me despertado foi lançado por Bokapi ao ter a mão cortada.

"Conhecia então a natureza negra.

"Se Bokapi havia amado o mestiço, a mim ela adorava. Quando pôde caminhar e cuidar de si mesma, colocava em prática toda a dedicação que sua imaginação sugeria para demonstrar seu amor e gratidão. Se eu entrava na cabana, ela ficava de joelhos e beijava o chão que eu pisava. Logo corria para me oferecer licor de banana, que sabia preparar, ou lombinhos de rata gigante, que se empenhava em caçar. Quando eu dormia, ela, em pé ao meu lado, movia constantemente umas folhas de palmeira para renovar o ar ao redor do meu rosto. Pensava agora que não me dedicaria mais a ser bandido nem tentaria roubar o banco do meu plano. Viveria para sempre com Bokapi na ilha de Leben, e Bokapi trabalharia para mim, e eu não faria nada além de me banhar nos riachos e dormir nos areais.

"Finalmente abandonamos a selva.

"O caminho que seus selvagens irmãos tinham aberto algumas semanas antes havia sumido. Bokapi, no entanto, se orientava pela selva com assombrosa naturalidade. Demoramos três dias para chegar às falésias, e quando estávamos para sair da mata, já distinguindo, por entre clareiras, os coqueiros dos areais, ocorreu o imprevisto.

"Bokapi e eu caminhávamos tranquilamente, quando, de repente, ela apertou meu braço, me segurando.

"A cinco metros de nós, desenrolando suas pesadas argolas amarelas, irritada, nos olhava uma jiboia. Sua cabeça triangular se voltava para nós com a língua bífida ondulando furiosa fora da boca escamosa.

"Um frio mortal me paralisou. Não podíamos escapar. Nós dois iríamos perecer. Bokapi compreendeu isso, despediu-se de mim com um olhar e rapidamente se lançou na jiboia.

"Quem poderia contar a inútil luta da negra com a jiboia! Eu vi como Bokapi, com seu único braço livre, tentou agarrar a garganta da jiboia; vi como os anéis da terrível serpente prensaram suas pernas e seu peito; vi como Bokapi cravou os dentes nas costas da jiboia com uma mordida tão furiosa, que subitamente a jiboia duplicou sua pressão. E Bokapi já não se moveu mais.

"Então, à vista da praia, entrei na floresta e me pus a chorar como uma criança. A selva era terrível.

Ódio de outra vida

Fernando sentia a incômoda mirada do árabe que, sentado às suas costas, em uma mesa no outro extremo do terraço, provavelmente não tirava os olhos de sua nuca. Sem poder mais se conter, levantou-se e, assumindo o risco de passar por demente aos olhos do outro, parou na frente da mesa do marroquino e disse:

— Eu não o conheço. Por que está me olhando?

O árabe se pôs de pé e, depois de o saudar ritualmente, disse:

— O senhor me perdoe. Me especializei em ciências ocultas e sou um homem extremamente sensível. Estava olhando para suas costas e vendo sobre sua cabeça uma grande nuvem vermelha. Era o Crime. Nesses momentos o senhor estava pensando em matar sua mulher.

O desconhecido estava certo. Fernando estava pensando em matar sua mulher. O mouro viu o assombro tomar conta do rosto de Fernando e disse:

— Sente-se. Ficarei orgulhoso de estar em sua companhia durante muito tempo.

Fernando se deixou cair melancolicamente na cadeira de palha. Do bar no terraço distinguia, quase a seus pés, as ameias das velhas muralhas do tempo da dominação portuguesa; para além das muralhas, o espelho azul da água da baía se estendia até o horizonte esverdeado. Um transatlântico saía para Gibraltar por uma fileira de boias, enquanto uma voz mourisca, lenta, acompanhada pelo som de um instrumento de cordas, gania uma melodia extremamente triste e voluptuosa. Fernando sentiu que um enorme desalento inundava seu coração. A seu lado, o cavalheiro árabe, de modos femininos, vestido com um grande turbante e uma túnica finíssima, reiterou:

— Estava exatamente sobre sua cabeça. Uma nuvem vermelha de fatalidade. Logo, semelhante a uma flor venenosa, surgiu a cabeça de sua mulher. E eu vi, repetidas vezes, que o senhor pensava em matá-la.

Fernando, sem perceber, balançou a cabeça afirmativamente, confirmando o que dizia o desconhecido. O árabe continuou:

— Quando a nuvem vermelha desapareceu, vi uma sala. Junto a uma mesa dourada, estavam duas poltronas revestidas de veludo verde.

Fernando então pensou que não havia nada de inverossímil no fato do árabe saber como era o quarto de Lucía, já que ele fica em frente ao jardim do hotel. Ainda assim, assentiu com a cabeça. Estava aturdido. Nada mais lhe parecia extraordinário ou terrível. O árabe continuou:

— Junto ao senhor, estava sua mulher, com o casaco debaixo do braço — ato contínuo, o misterioso oriental começou a desenhar no mármore da mesa, com um lápis, o rosto da moça.

Fernando via aparecer sobre o mármore o rosto daquela que tanto queria, e isso lhe pareceu, naquele estranho momento, totalmente natural. Poderia estar vivendo um sonho. Talvez estivesse louco. Ou quem sabe o desconhecido fosse um charlatão que o tinha visto com Lucía pela Cashba[1]. O que o enganador não poderia saber era que ele estava justamente pensando, naquele momento, em matar Lucía.

O árabe prosseguiu:

— O senhor estava sentado na poltrona de veludo verde enquanto ela lhe dizia: "Temos que nos separar. Terminar isto. Não podemos continuar assim". Ela lhe disse isso, e o senhor não respondeu uma palavra. Foi ou não foi o que ela disse?

Fernando assentiu mecanicamente com a cabeça. O árabe tirou do bolso uma cigarreira, dela sacou um cigarro e disse:

— O senhor e Lucía se odeiam de outra vida.

— ...

— Vocês vêm se odiando através de uma infinita série de reencarnações.

Fernando examinou o perfil acobreado do homem de turbante e em seguida fixou tristemente os olhos no espelho azul da baía. O transatlântico havia dobrado a ponta do caminho de boias, seu penacho de fumaça se imobilizava no espaço, e uma tremenda tristeza esmagava Fernando na cadeira de palha, enquanto o árabe prosseguia, com aterrorizante naturalidade:

— E o senhor quer morrer porque a ama e a odeia. O ódio entre vocês, porém, é mais forte que o amor. Odeiam-se mortalmente há milhares de anos. E se buscam para se prejudicar e despedaçar.

1 Arlt provavelmente se equivoca na grafia. Casbah — e não Cashba — é o nome que se dá a certos bairros muçulmanos localizados nas cidadelas muradas existentes em várias regiões do norte da África.

Vocês amam a dor que infligem um no outro, amam o ódio porque nenhum dos dois conseguiria odiar mais perfeitamente outra pessoa da maneira como reciprocamente se odeiam.

Tudo isso era verdade. O homem de djellaba prosseguiu:

— Quer ir até minha casa? Posso lhe mostrar o último crime que envolveu o senhor e sua mulher. Ah, perdão por não ter ainda me apresentado. Me chamo Tell Aviv, sou doutor em ciências ocultas.

Fernando compreendeu que não tinha motivo para resistir a nada. Charlatão ou clarividente, o desconhecido havia penetrado até as raízes de seu terrível problema. Fez soar o gongo, e um garoto mourisco, descalço, correu pelas esteiras até a mesa, recebeu o duro "assani", trouxe o troco, rápido como um galgo e, em seguida, Fernando se encontrou debaixo dos toldos das pequenas ruelas, caminhando ao lado de seu misterioso companheiro, que, apesar de trajar uma magnífica djellaba, não se furtava de passar por barracas gordurosas onde cozinhavam peixe dia e noite, barracas de chá verde, onde se amontoavam bestialmente camponeses piolhentos descalços.

Finalmente chegaram a uma casa em um canto do bairro de Yama el Raisuli.

Tell Aviv levantou a pesada aldrava mourisca e a deixou cair; a porta cravejada como a de uma fortaleza entreabriu-se lentamente, e apareceu um negro de Nedjel[2], sombrio e seminu. Inclinou-se frente a seu amo; a porta, então, se abriu, e Fernando cruzou um pátio sombreado de limoeiros com grandes vasos redondos de barro. Tell Aviv abriu uma porta e o convidou a entrar. Estavam agora

2 Diferente dos geógrafos ocidentais, os árabes dividiam o seu país em determinadas regiões, sendo Nedjel a que fica no centro e a oeste de Hedjaz (onde está localizada Meca, a cidade sagrada dos muçulmanos, onde teria nascido o profeta Maomé).

em um salão com um estrado ao fundo, coberto de almofadas. No centro, uma fonte desfiava seus fios de água.

Fernando levantou a cabeça. O teto do aposento era abobadado como o dos salões da Alhambra[3]. Rios de constelações e de estrelas adornavam o céu, entre as nebulosas, e Tell Aviv, fazendo-o sentar em uma almofada, exclamou:

— Que a paz de Alá esteja em teu coração. Que a tua generosidade seja ungida pela doçura do Profeta. Que tuas entranhas se cubram de mel. És um homem justo e valente. Não duvidastes da minha amizade.

E como se estivessem perdidos em uma tenda no deserto, bateu tão rudemente no gongo que o negro, sobressaltado, apareceu com um punhado de rosas amarelas entre as mãos:

— Rakka, traz o cachimbo — e, dirigindo-se a Fernando, explicou — Fumarás agora o cachimbo da boa droga. Ela facilitará tua entrada no plano astral. Permitirá ver o momento do teu último encontro com aquela que hoje é tua mulher. A continuidade do ódio entre vocês.

Alguns minutos depois, Fernando sorvia a fumaça de uma droga de sabor acre como polpa de tamarindo. Ácida e fácil. Seu corpo deslizou definitivamente sobre as almofadas, enquanto sua alma, diligentemente, deslizava através de espessas muralhas de trevas. Apesar da escuridão, ele sabia que se encaminhava para uma paisagem clara e penetrante. Rapidamente se encontrou às margens de um pântano, cheio de flexíveis juncos. Fernando não estava triste nem contente, e observava que toda a vegetação do lugar tinha um

3 Alhambra é um complexo de palácios de arquitetura islâmica localizado em Granada, na Espanha, habitado, do século XI ao século XVI, pelos sultões da dinastia Nasrida, a última dinastia muçulmana da Península Ibérica.

relevo violento, uma luminosidade expressiva, como se ali uma árvore fosse duas vezes mais profundamente árvore que na terra.

Para além do pântano se estendia o mar. Um veleiro, com suas grandes velas vermelhas ao vento, se afastava insensivelmente. De repente Fernando se deteve, surpreso. Estava vestido como um oriental, com uma espécie de toga folgada, estampada com linhas verticais negras e amarelas. Levou a mão ao cinto e ali encontrou uma garrucha.

Um pesado sabre pendia de seu cinturão de couro. À distância, a areia fresca do deserto se estendia até a ribanceira de árvores de um bosque. Fernando se pôs a caminhar melancolicamente e logo se encontrou sob a cúpula de árvores de casca lisa e dura que com a luminosidade pareciam cobertas de escamas de cobre oxidado. Como Tell Aviv havia dito, a paz estava com ele. Ouvia o murmúrio de um rio próximo. Continuou pelo caminho, e uma hora depois, talvez menos, encontrou-se na margem do rio. Seu leito estava semeado de penhascos e suas águas quebravam nas margens em flechas de cristal. O notável foi que, ao voltar a cabeça, Fernando viu um belo cavalo encilhado, com uma bela sela de couro trabalhado. Surpreendido, olhou ao redor. Não se via em parte alguma o dono do cavalo que, imóvel, de pé junto ao rio, olhava, melancolicamente, as águas passarem. Fernando se aproximou. Um sobressalto de terror enrijeceu seu corpo, e rapidamente levou a mão ao alfanje. Perto do cavalo, sobre a areia, via-se uma enorme jiboia completamente adormecida. Grande parte de seu ventre coberto de escamas negras e amarelas estava repugnantemente deformado. Pela boca da jiboia saíam os dois pés de um homem. Não havia dúvida. O homem que montava o cavalo, ao chegar ao rio, desmontou, possivelmente para beber, e quando estava inclinado, com a cara sobre a água do rio, a jiboia caiu sobre ele do tronco de uma árvore, triturou-o entre seus anéis e depois o engoliu. Vá saber a quantas horas o cavalo esperava que seu amo saísse do interior do ventre da cobra!

Fernando examinou o fio do sabre — era recente, a lâmina brilhava —, aproximou-se da jiboia, imóvel na sonolência pesada da digestão, e levantou o alfanje. Foi um tremendo golpe, que cortou não só a cabeça do réptil como os dois pés do morto. A jiboia decapitada se retorceu violentamente.

Então, Fernando, considerando os arreios e a sela do cavalo, pensou que o homem que tinha sido devorado pela jiboia devia ser um crente digno, alguém que não merecia como tumba o ventre de um monstro. Aproximou-se da jiboia e abriu-lhe o ventre. Em seu interior estava o homem morto. Envolto em um rico manto ensanguentado, com um punhal de cabo de ouro no cinto. Uma protuberância marcava a parte acima de sua cintura. Fernando descobriu que se tratava de uma bolsa de seda. Abriu, e pela palma de sua mão rolaram diamantes de diversos quilates. Fernando se alegrou. Em seguida, com a ajuda do alfanje, conseguiu, depois de algumas horas, abrir uma cova, na qual sepultou o desafortunado desconhecido.

Depois se dirigiu à cidade, cujas muralhas se distinguiam, à distância, ao fundo de uma curva que o rio tratava até as colinas do horizonte.

Seu dia havia sido satisfatório. Não é qualquer filho do Islã que encontra um cavalo na margem de um rio, um homem dentro do ventre de uma jiboia e uma fortuna em pedras preciosas dentro da bolsa do homem. Alá e o Profeta evidentemente lhe protegiam.

As muralhas da cidade não estavam muito distantes. Era possível distinguir suas torres maciças e as sentinelas com pesadas lanças passando por detrás dos merlões.

De repente, por uma das portas principais saiu um grupo de cavaleiros. À frente do grupo ia um homem de barba venerável. Cavalgavam na direção de Fernando. Quando o ancião cruzou com ele, Fernando o saudou, levando a mão à frente, em reverência. Como o ancião não o conhecia, refreou seu potro e pode observar a montaria de Fernando. Exclamou:

— Irmãos, irmãos, vejam o cavalo do meu filho!

Os homens que acompanhavam o ancião rodearam ameaçadoramente Fernando, e o ancião prosseguiu:

— Vejam, vejam, é sua sela. Vejam seu nome inscrito ali.

Só então Fernando se deu conta de que efetivamente, em um dos lados da sela estava escrito, em caracteres cúficos[4], o possível nome do morto.

— Filho de um cão, de onde tiraste esse cavalo?

Fernando não conseguia pronunciar palavra. As evidências o acusavam. Prontamente o ancião, que o revistava e acabava de o despojar de seu punhal e de seu alfanje ensanguentado, exclamou:

— Irmãos..., irmãos..., vejam a bolsa de diamantes que meu filho negociava...

Foi inútil que Fernando tentasse se explicar. Os homens caíram sobre ele com tal furor, e bateram nele com tanta intensidade, que em poucos minutos perdeu os sentidos. Quando acordou, dolorido, estava no fundo de uma masmorra escura.

Transcorreram assim algumas horas; de repente, a porta rangeu, dois escravos negros o tomaram pelos braços e o amarraram com pequenos cadeados de bronze suas mãos e seus pés. Logo o obrigaram, a chibatadas, a subir os degraus de pedra da masmorra,

4 Desenvolvida na cidade de Kufa, localizada na região que hoje corresponde ao Iraque, a caligrafia cúfica é considerada a mais antiga forma de escrita árabe, utilizada na redação dos primeiros exemplares do Corão.

a cruzar os negros corredores e depois a entrar em um caminho arenoso. Suas costas e seus membros estavam ensanguentados. Agora jazia junto a um amontoado de pedras, em um selvático jardim. As palmeiras e os cedros recortavam o céu celestial com seus leques e suas cúpulas; soou um gongo e pararam de o açoitar. O ancião que o havia encontrado na entrada da cidade apareceu sob uma porta em formato de ferradura na companhia de uma jovem. Ela tinha o rosto descoberto. Fernando exclamou:

— Lucía, Lucía, sou inocente.

Era o rosto de Lucía, sua mulher. Em meio ao sonho, ele havia esquecido que estava em outro século.

O ancião apontou para ele, fazendo um sinal para a jovem que era o duplo de Lucía, e disse:

— Filha minha: este homem assassinou teu irmão. Entrego-o a ti para que te vingues.

— Sou inocente — exclamou Fernando. Encontrei seu irmão no ventre de uma jiboia. Com os pés pra fora da boca da jiboia. Sepultei-o piedosamente — e Fernando, apesar das amarras, se ajoelhou frente a "Lucía". Em seguida, com palavras febris, explicou-lhe aquele jogo de fatalidades. "Lucía", rodeada de seus eunucos, o observava com uma impaciente mirada de mulher fria e cruel, com o tormentoso esverdeado do fundo dos olhos. Fernando, de joelhos a sua frente, no jardim mourisco, compreendia que aquele olhar hostil e feroz era a muralha onde se quebravam sempre e sempre suas palavras. "Lucía" o deixou falar, e em seguida, olhando para um eunuco, disse:

— Afcha, jogue-o aos cães.

O escravo correu até o fundo do jardim, retornando em seguida com sete mastins de olhos injetados de sangue e espumando de raiva. Fernando quis se levantar, escapar, clamar outra vez sua inocência. Prontamente sentiu no ombro o calor de uma dentada, um focinho úmido roçou sua bochecha, outros dentes se cravaram em suas pernas e...

O negro de Nedjel lhe alcançou uma xícara de chá; sentado na frente dele, Tell Aviv disse:

— Não me reconheces? Eu sou o criado que na outra vida chamou os cães para te despedaçar.

Fernando esfregou os olhos com a mão. Logo murmurou:

— Tudo isso é estranho e incrivelmente verídico.

Tell Aviv continuou:

— Podes matar Lucía, se quiseres. Entre ela e eu também há uma dívida de outra vida.

— Não. Criaríamos uma conta para a próxima vida.

Tell Aviv insistiu:

— Não te custará nada. Eu o farei como um obséquio a teu caráter generoso.

Fernando voltou a recusar, e, sem saber por que, disse-lhe:

— És mais saudável que o limão e mais saboroso que o mel; mas te peço que não assassines Lucía. E agora, que a paz de Alá esteja sempre contigo.

E, levantando-se, saiu.

Saiu, mas com uma inédita sensação de tranquilidade no fundo do coração. Ele não sabia se Tell Aviv era um falsário ou um doutor em magia, a única coisa que sabia era que devia afastar-se de Lucía para sempre. E naquela mesma noite se meteu em um trem que saía para Fez, de lá regressou para Casablanca e de Casablanca um dia veio até Buenos Aires. Aqui o encontrei, e aqui me contou sua história, cujo epílogo foram estas palavras:

— Se não tivesse ido para tão longe, acho que mataria Lucía. Aquilo de me jogar aos cães foi inominável...

O homem do turbante verde

A nenhum homem que tivesse viajado durante certo tempo por terras do Islã restariam dúvidas de que aquele desconhecido que caminhava pelo tortuoso beco arrastando suas babuchas amarelas era um piedoso crente. O turbante verde dos sacrifícios adornava a cabeça do forasteiro, indicando que seu portador havia visitado recentemente a Cidade Santa. Seus dedos carregavam anéis de cobre e de prata, com signos astrológicos gravados destinados a defendê-lo dos maus espíritos e do mau-olhado.

Abdalá el Susi, que assim se chama nosso peregrino do turbante verde, parou sob o beiral de cedro esculpido de um fortificado palácio, junto a uma grade de barras de ferro amarradas em cruz, atrás da qual brilhava um pórtico de madeira vermelha laqueada. Junto a essa grade se podia ver um cartaz escrito simultaneamente em árabe e em francês:

RECEBERÁ 10.000 FRANCOS QUALQUER PESSOA QUE FORNEÇA DADOS QUE PERMITAM DETER OS CONTRABANDISTAS DE METRALHADORAS OU EXPLOSIVOS.

O ALTO COMISSÁRIO

Mal o piedoso Abdalá acabou de ler aquela espécie de decreto, ressoaram no final da rua os gritos de um pequeno jornaleiro italiano:

— Renúncia de Djamil! Mardan Bey, primeiro ministro! Renúncia de Djamil! Mardan Bey, primeiro ministro!

Abdalá el Susi balançou, consternado, a cabeça. Logo começaria o terror. Logo entrariam novamente em conflito extremistas e moderados. Afastou-se lentamente do cartaz colado junto ao pórtico vermelho, dizendo a si mesmo:

"Não seria mau negócio fisgar os dez mil francos". Evidentemente, alguém estava disseminando a ação síria de metralhadoras portáteis, que o diabo sabia de onde brotavam. Um consulado de Damasco não era alheio a essa infiltração. De sua parte, Abdalá el Susi não acreditava totalmente em nada, nem na peregrinação a Meca, nem em anéis astrológicos, nem no turbante verde. As lutas de nacionalistas e moderados lhe pareciam uma estupidez. Não tinha sentido mudar de amo. Chegada a hora, todos golpeavam na cabeça com a mesma frieza.

O importante era viver e viver sem fazer nada, sob esse belo céu africano. Com dez mil francos se podia fazer muitas coisas...

Balançou novamente a cabeça com dissimulação. Ninguém o seguia e isso o alegrou, porque sua consciência não estava totalmente tranquila.

Sua consciência não estava totalmente tranquila porque tinha vivido nas mais diversas regiões da África. Está claro que não poderia confessar do alto de um minarete quais eram os motivos que há três anos o levaram a refugiar-se em plena selva congolesa, onde viveu penosamente muitos meses, alimentando-se de carne de elefante. Tampouco podia dizer o que buscava nos arredores do Daomé, onde foi visto atracado como um miserável em horríveis vermes fritos ou empanturrando-se de gafanhotos secos nas portas de Fez, ou passeando como um cádi prevaricador pelas ruas de Túnis em um flamante automóvel.

Sua existência havia sido variada e culposa. Chegou até a ser membro de uma quadrilha de ladrões de elefantes!

Agora o decente turbante verde que adornava sua cabeça, a escrupulosamente limpa djellaba que com luxuosas pregas cobria seu corpo magro, a enegrecida barba que lhe caía sobre o peito indicavam que Abdalá el Susi era um devoto muçulmano, que não só havia cumprido sua peregrinação a Meca, mas que também muito provavelmente desfrutava de certa renda.

E, efetivamente, a renda de que Abdalá el Susi desfrutava era fruto de um roubo de joias cometido no Cairo, em prejuízo de uma gorda e estúpida turista americana. Essas joias haviam sido vendidas a um judeu do gueto de Tetuán; sua proprietária jamais as encontraria, enquanto ele, Abdalá el Susi, com o fruto daquele roubo, poderia ainda viver três meses sem necessidade de cometer nenhum ato de violência ou trapaça.

De repente o tortuoso beco se abriu como o tubo de um funil em uma pequena praça, envolta pela folhagem de uma videira. No centro desse souk se via uma fonte; o piso de pedra pontiaguda estava coberto de sombras movediças, e mais adiante, sob um imenso toldo amarelo, junto a um muro caiado, abria-se a arcada de um café muçulmano. Cadeiras de esteira convidavam a respousar. Sempre com passo grave chegou ao toldo amarelo Abdalá el Susi, e com respeitável disposição se instalou em uma poltrona, cruzando as pernas. Acendeu um cigarro e bateu palmas. Um garoto bochechudo, com bombachas alaranjadas e um fez vermelho, parou na frente dele; el Susi pediu café e logo começou a meditar.

Um imbecil, por exemplo, se apresentaria agora mesmo na Delegacia de Polícia de Dimisch esh Sham para pedir autorização ao Comissário para encontrar os contrabandistas, e os porteiros e funcionários públicos da Delegacia de Polícia, simultaneamente, em suas casas, no café, no mercado, diriam:

— Finalmente se apresenta um muçulmano prudente que vai tentar encontrar os contrabandistas de metralhadoras.

E esse muçulmano prudente, é lógico, antes de descobrir alguma coisa, morreria numa noite qualquer com o corpo crivado de tiros e punhaladas. Não, não, não. Abdalá el Susi não cometeria nenhuma besteira dessas. Primeiro descobriria os contrabandistas, se pudesse, e só então iria ao Alto Comissário.

El Susi enfiou a mão no bolso interno de sua djellaba e tirou um jornal da manhã.

"É evidente — dizia o articulista — que os contrabandistas se valem de um novo meio para conseguir mandar para fora das muralhas da cidade as metralhadoras e cartuchos.

"Até agora, inutilmente, têm sido revistados carros, eixos de carros, as menores cargas transportadas por bois, camelos, mulas e camponeses. Todo aquele que sai dos portões de Dimisch esh Sham levando o pacote mais insignificante nas mãos seguramente será revistado. Todas as moradias cujas janelas se abriam sobre as muralhas tinham sido desalojadas, as casas trancadas e as janelas tapadas. Ainda assim, continuam saindo da cidade consideráveis cargas de cartuchos não só para metralhadoras leves, mas pesadas, que são distribuídas entre os bandidos do campo."

Evidentemente, "os bandidos" eram os líderes nacionalistas extremistas, que lutavam ativamente, organizando os camponeses para a próxima revolta.

Um vadio parou na entrada do souk, bem ao lado do arco da fonte, e começou a gritar:

– A renúncia de Djamil! Mardan Bey, primeiro ministro!

Abdalá el Susi, parcimoniosamente, voltou a dobrar o jornal em oito partes e o guardou entre o peito e a djellaba. Seu olhar, carregado de melancólica doçura, voltou a pousar, satisfeito, sobre uma ruela coberta e tão estreita que parecia um túnel vestido de sombras azuis.

De repente, no alto de um minarete revestido de ladrilhos amarelos e pretos, viu-se recortada a silhueta de um homem. O homem do minarete, apoiando-se no parapeito sobre o vazio, gritou:

— Deus é grande. Sou testemunha de que não há mais que um Deus. Sou testemunha de Maomé é o Profeta. Venham orar. Deus é grande e único.

Abdalá el Susi abandonou apressadamente sua cômoda poltrona de esteira e, caindo de joelhos nas pedras ásperas, inclinou-se em direção a Meca, com os braços estendidos diante da cabeça, enquanto pensava:

– Vou me disfarçar de Taleb.

Alguns dias depois dessas pacientes meditações, podíamos encontrar Abdalá el Susi sentado sobre uma esteira à sombra do arco de ladrilhos que forma o portão de Bab el Estha. À sua frente, em uma pequena mesa laqueada de vermelho, viam-se alguns exemplares do Corão forrados de peles tingidas de cores diferentes, e, do outro lado, algumas folhas de pergaminho autêntico, com pequenas bolsas de couro vermelho em cima.

— Levai um versículo do Corão, que vos livra de enfermidades, falsos testemunhos, feitiços, morte de gado...

De quando em quando um camponês se aproxima de Abdalá el Susi, e Abdalá el Susi escreve em um pergaminho, em grossos caracteres, um versículo do Corão, o introduz na bolsa de couro vermelho e o entrega ao camponês, que deixa cair alguns cobres sobre a mesa.

— Nunca te afastes dele — diz el Susi —. Teu gado se multiplicará.

Enquanto fala, el Susi não perde de vista nenhuma das pessoas que entram ou saem pela porta de Bab el Estha.

Juntas de bois e rebanhos de carneiros passam frente a seus olhos, vendedores com pelegos de cabra cheios de azeite, camponesas com pilastras de carvão amarradas por juncos aos sovacos, barbeiros que se dedicam a sangrar. Bem ao lado de Abdalá el Susi se instala um fritador de bolinhos que, de quando em quando, diante do olhar assombrado de queijeiros e floristas, joga pelos ares todos os bolinhos da frigideira e depois os apara sem perder nenhum. O próprio Abdalá el Susi está surpreso por não receber um respingo da banha nauseabunda que o tunisino usa.

Com as pernas cruzadas sobre sua esteira, postura séria e olhar pensativo, Abdalá el Susi vê chegarem os camelos exaustos sob tremendas cargas com grandes manchas de alcatrão na pele, para protegê-los da sarna; passam os cádis das tribos, em visitas cerimoniais ao Alto Comissariado, vestidos com magníficos roupões escarlates.

Mas se é fácil a entrada pelo portão, a saída é difícil. Todo aquele que leva algum volume, um pacote ou uma carga, é revistado implacavelmente pelos soldados de casaco azul. São inúteis os protestos dos camponeses, dos turistas. Para revistar as mulheres destes, em uma guarita atrás do portão de ladrilhos, há duas funcionárias da polícia.

Um dia, ironicamente, um soldado disse ao outro:

– Os contrabandistas andam nus.

E ambos riem da patifaria.

Quem não riu foi Abdalá el Susi.

Com a fronte grave sob seu turbante verde, o ex-ladrão de elefantes medita envolto nas nuvens de poeira que o gado levanta ao entrar.

Conhece todos os malandros dos arredores. Identificou o entregador de um bando de assaltantes. Reconheceu um vigarista inglês que circula garbosamente com uma bengala de bambu e um capacete de cortiça. Mas ele não está ali para ocupar-se de bagatelas.

A frase dos dois soldados de casaco azul continua rodando em seu cérebro: "Os contrabandistas andam nus".

Claro que é uma piada. Mas uma piada que não deixa de fazer sentido. O único homem a quem os soldados jamais revistam, jamais observam, é o mendigo miserável, que com alguns farrapos sobre os rins, mostrando os ossos sob a pele amarelada ou ferida, passa estendendo a mão. O único homem a quem os soldados não revistam é o homem nu. O mendigo de aldeia, que com o beiço pendurado, o olhar perdido, sentado no chão, passa diante de todos, com a pobreza de sua nudez repulsiva à vista de todos. Mas Abdalá el Susi não deixa o pensamento descansar. Repete: "Os contrabandistas andam nus". Porque é evidente que um homem nu não pode esconder uma metralhadora, a menos que tenha encontrado um meio para tornar a metralhadora invisível, e esse meio não existe.

Passam as juntas de bois e os rebanhos de cabritos, e as cabras saltitantes, e as carregadoras do vale, e os camponeses da várzea, e os cádis envoltos em seus magníficos robes escarlates, com as bordas cobertas de um trançado de ouro, cantam os muezins na hora eterna o anúncio da oração, e faz dançar seus bolinhos na frigideira o fritador de bolinhos, e Abdalá o Ladrão está ali, sentado em sua empoeirada esteira amarela, repetindo a si mesmo pela milésima vez.

— Como pode um homem nu contrabandear uma metralhadora sem que o descubram?

De repente, o homem do turbante verde levanta a vista.

É a terceira vez que, diante de seus olhos, passa esse mendigo, quase nu, montado em um burrico que mal para em pé. O mendigo tem a cabeça enrolada em um trapo, e os restos de uma calça, e o peito nu.

Sempre que esse andrajoso entra pela manhã, sai pela tarde, acompanhado de algum outro mendigo, tão esfarrapado quanto ele, tão nu quanto ele.

— Estes são os homens que podem carregar as metralhadoras contrabandeadas — disse Abdalá ao tenente francês, que, parado diante dele, escuta sua hipótese.

—Verás — assegura Abdalá —. Esta tarde, antes que fechem os portões da cidade, eles sairão, os dois nus, montados em seus burrinhos, com uma metralhadora contrabandeada. E não estranhe, tenente, se for uma metralhadora pesada.

O tenente Levil se afasta do portão de Bab el Estha, sorrindo com ceticismo. Mas não faltará com sua palavra. Esta tarde, com alguns homens, estará ali para fazer o jogo desse endiabrado sujeito do turbante verde.

Efetivamente, ao cair do sol, o pedinte que entrou seminu na cidade montado em um burrico, vem acompanhado de outro mendigo, também seminu, montado em um burrico. Os dois vagabundos vêm com os pés arrastando no chão, o corpo inclinado sobre o pescoço de seus burricos sarnentos, um farrapo caído sobre as costas.

O tenente Levil se aproxima de Abdalá o Ladrão e lhe diz:

– Ali estão teus homens.

Então, Abdalá el Susi dá um salto, se aproxima de um dos pedintes e com um soco trata de derrubá-lo do burrico. O velho que recebe o soco de Abdalá não cai do burrico, se inclina pro lado, e permanece ali inerte, enquanto o outro trata de escapar, mas é agarrado pelos homens do tenente Levil.

Então Abdalá el Susi diz ao tenente:

— Olhe. Eles amarraram um morto ao burrico. Dentro do peito do morto está escondida uma metralhadora.

E, afastando um trapo, mostra um longo corte no peito do cadáver roubado.

O caçador de orquídeas

Djamil entrou no meu camarote e disse:

– Senhor, já estão aparecendo as primeiras montanhas.

Abandonei apressadamente meu confinamento e fui apoiar os cotovelos na amurada do navio. As águas estavam agitadas e azuis enquanto na orla a linha de montanhas de Madagascar parecia comunicar à água a frieza de sua sombra. Mal sabia que dois dias depois ia me encontrar em Tananarivo[1] com meu primo Guillermo Emilio, e que a partir desse encontro nasceria a repugnância que me estremece cada vez que ouço falar das orquídeas.

Efetivamente, duvido que no reino vegetal exista um monstro mais belo e repelente que essa flor histérica, e tão caprichosa, que a vereis sob a forma de um trapo cinza permanecer morta por meses e meses no fundo de uma caixa, até que um dia, repentinamente,

---

1 A cidade que Arlt nomeia como Tananarivo é Antananarivo, capital de Madagascar.

acorda, se espreguiça e começa a florescer, colorindo-se com as tintas mais vivas.

Eu ignorava todas essas particularidades da flor, até que esbarrei com Guillermo Emilio, precisamente em Madagascar.

Acho que já disse que Guillermo Emilio era caçador de orquídeas. Durante muito tempo se dedicou a essa caça no Sul do Brasil; mas em seguida, tendo a justiça pedido sua extradição por não sei que crime de fraude, em um grande salto composto de numerosos e misteriosos ziguezagues se mudou para a Colômbia. Na Colômbia fez parte de uma expedição inglesa que no espaço de poucos meses caçou dois mil exemplares de orquídeas nas arborizadas montanhas de Nova Granada. A expedição estava dispendiosamente equipada, e quando os ingleses chegaram a Bogotá, dos dois mil exemplares estavam vivos somente dois. O resto, malignamente, tinha murchado, e o financiador da empreitada, um engraxate enriquecido, enlouqueceu de raiva.

Completamente empobrecido, e ainda malvisto pela polícia, Guillermo Emilio migrou para o México, onde afirma ter sido o primeiro a descobrir a espécie que conhecemos pelo nome de "orquídea do açafrão". Não sei que incidentes teve com um nativo — os mexicanos são gente violenta —, que fizeram Guillermo Emilio desaparecer do México com a mesma presteza com que anteriormente saiu do Rio Grande, depois de Natal, em seguida de Bogotá e, finalmente, de Tampico. Alguns maldizentes sussurravam que o primo Guillermo Emilio combinava roubo com caça, e eu não direi que sim nem que não, porque as Sagradas Escrituras dizem claramente: "Não julgueis se não quereis ser julgado".

Ele era alto como um poste, tinha pernas compridas, braços compridos, cara comprida e fina e muita alegria para dar e vender.

Se encontrava quase sempre bem vestido com um traje cáqui, polainas e chapéu de explorador e um caderno debaixo do braço. Nesse caderno estavam colados vários recortes de jornais de província, onde ele podia ser visto junto a um pé de orquídeas e acompanhado de um grupo de nativos sorridentes. Tal publicidade lhe permitiu roubar em muitos lugares.

Esse é o gênio que encontrei numa manhã de agosto em Tananarivo, quando, parecendo um abobalhado, eu arregalava os olhos diante do disparatado palácio ocupado pela ex-rainha nativa Ranavalo. Esse palácio foi construído por um aventureiro francês que foi parar em Madagascar fugindo de seus cruéis devedores, e sobre quem me contaram anedotas extraordinárias; mas as deixemos para outro dia.

Estava, como eu disse, de pé, de olhos abertos frente ao palácio, rodeado de um grupo de garotinhas acobreadas e com a carapinha em tranças esparramadas, como as franjas de um tapete, sobre suas testas de chocolate. Se dava as costas ao palácio da pobre Ranavalo, tropeçava em uma multidão de robustos malgaxes, que com as cabeças carregadas de cestos de vime passavam em direção ao mercado transportando bananas. Passavam também carros que rangiam puxados por pequenos zebus despojados de seus rabos por conta de uma infecção que permite salvar o boi sacrificando o rabo. Eu conhecia uma piada muito divertida a respeito do boi e do seu rabo, mas agora não lembro. Adiante.

Meus planos eram variados. Um deles consistia em ir aos arrozais de Ambohidratrimo, outro — e este me seduzia muito particularmente — em cruzar obliquamente a ilha partindo de Tananarivo até o porto de Majunga, e embarcar ali para o arquipélago das Comores. Nenhum desses projetos era determinado por necessidades comerciais, mas pelo prazer. De repente, escutei uma gritaria e vi um velho com chapéu de cortiça que saiu praguejando e rindo à porta de seu armazém, e enquanto praguejava e ria, ameaçava com os punhos a copa de um coqueiro. Então, olhando para onde o velho apontava, vi um macaco com um grande charuto aceso roubado. No armazém ao lado, um chinês com uma bata azul até os calcanhares e um longo rabo de cavalo, olhava para o macaco que fumava fazendo ameaçadores sinais para ele.

—Tony! Tu por aqui, Tony!

Quem diabos me chamava?

Me virei, e ali, para minha desgraça, estava o primo Guillermo, com seu traje cáqui e o caderno debaixo do braço. Enquanto trocávamos as primeiras perguntas eu pensava em colocar um escrupuloso cadeado na minha carteira. No entanto, me deixei persuadir, e Guillermo, tomando-me por um braço, exclamou em voz alta, tão alta que pôde ser ouvido pelo chinês do "fondak"[2] do outro lado da rua:

— Nunca entres no restaurante de un chinês. Será um mistério o que ele vai te dar para comer.

No que meu primo terminou de pronunciar essas palavras abriu-se uma cortina de contas, e corpulento, com uma barba espalhada sobre o peito e um turbante do razoável diâmetro de uma pedra de moinho, apareceu Taman. Arrastando suas amarelas babuchas pelo piso de madeira, aproximou-se da nossa mesa, e Guillermo Emilio lhe disse:

— Honorável Taman: vou te apresentar a um primo meu, pertencente a uma família muito nobre da América.

2 Tipo de hospedaria em que se realizam negócios ilícitos como o tráfico de drogas e de outras mercadorias.

Taman me cumprimentou à maneira oriental; em seguida apertou calorosamente a minha mão e eu pensei se não havia caído em uma emboscada. Então um menino caolho, com uma lamentável djellaba sobre os ombros e um fez vermelho, colocou três copos de café sobre a mesa, e o primo Guillermo o apresentou a mim:

– É sábio e virtuoso como o olho de Alá.

O pequeno caolho me cumprimentou da mesma forma que seu amo, e o primo Guillermo continuou:

— A ti posso confiar — olhou cautelosamente ao redor—. Esse prodigioso menino, chamado Agib, descobriu a orquídea negra. Diz que, de pétala a pétala, a flor mede cerca de quarenta centímetros.

— E onde descobriu esse prodígio?

— Posso confiá-lo a ti. É a Oeste do lago Itasy, em uma encosta de Tananarivo.

– E por que ele mesmo não a apanhou?

O caolho, a quem seu tio Taman considerava sábio e virtuoso como o olho de Alá, me respondeu:

— Eu lhe digo, senhor. Ouvi naquela região que no tronco da orquídea se esconde uma venenosíssima serpente negra...

O primo Guillermo resmungou:

— Superstições! Por acaso não sabes que o perfume das orquídeas afugenta as serpentes?

– E o que tu pretendes fazer? — intervi, e para minha tristeza começava a me interessar pela aventura.

— Contratarei dois nativos, carregaremos o tronco em um andor e traremos a orquídea para cá.

Taman, o dono daquele muquifo, que bebia seu café silenciosamente, encerrou o diálogo com estas palavras, enquanto acariciava a nuca de seu sobrinho:

— Este precioso menino nunca se engana. Um djin o aconselha.

Por fim, depois de muitos debates, tratativas e disputas, como é costume no Oriente, Taman alugou seu sobrinho ao primo Guillermo Emilio com as seguintes condições, cuja enumeração testemunhei:

TAMAN: Tu e eu concordamos que não baterás no menino com os punhos nem com uma bengala.

GUILLERMO: Baterei nele somente quando for necessário.

TAMAN: Mas nem com os punhos nem com a bengala.

GUILLERMO: Mas posso usar uma vara flexível.

TAMAN: Sim; pode. E dará a ele, além disso, comida suficiente.

GUILLERMO: Sim.

TAMAN: E o deixarás dormir onde quiser, sem o forçar contra a vontade.

GUILLERMO: Sim; menos quando estiver de guarda.

TAMAN: Não serás cruel nem autoritário com ele.

GUILLERMO (impaciente): Não pretendes que o trate como se fosse minha esposa favorita!

TAMAN: Está bem, está bem; te confio a alegria da minha vida, o filho de minha irmã e minha menina dos olhos.

Finalmente, uma semana depois, guiados pelo caolho Agib, saímos de Tananarivo em direção ao Norte. Dois malgaxes, de carapinha tão enrolada que se formavam em torno de suas cabeças coroas de franjas de tapete, nos acompanhavam como carregadores.

Primeiro cruzamos os arrabaldes e as aldeias vizinhas, onde encontramos por toda parte, na frente das suas cabanas de bambu e ráfia, verdadeiras coletividades de malgaxes preguiçosos jogando karatva, um jogo muito parecido com o que nós conhecemos como damas, com a diferença de que eles, ao invés de fazerem o tabuleiro em uma tábua, o pintavam em um tronco de árvore. Depois deixamos para trás uma longa caravana de carregadores de carvão, seminus, andrajosos, alguns já completamente cegos, outros com longa barba branca caída sobre o peito desnudo listrado de costelas. Alguns se apoiavam em um cajado para caminhar, e entre eles vinham jovenzinhas, e todos, sem distinção de idade, carregavam até cinco cestas redondas, colocadas uma em cima da outra, sobre a cabeça.

Cantavam uma canção tristíssima, e ainda que o sol se estendesse sobre os bambus próximos, aquela caravana de espectros escuros me assustou, e a considerei um mau agouro para nossa aventura.

Ao cair da tarde alcançamos os primeiros bosques de ravenalas, bananeiras de até trinta metros de altura, com largas folhas abertas como leques. Indescritíveis gritos de macacos acompanhavam nossa marcha. Nunca imaginei que os macacos poderiam orquestrar tão variadíssimas sinfonias de guinchos, rugidos, lamentações, gritos, roncos, zurros e uivos como os que essas bestas peludas, escuras, vermelhas e amarelas compunham das alturas.

O "Olho de Alá", como Taman irreverentemente chamava seu sobrinho Agib, havia se humanizado. De tanto em tanto voltava a cabeça e dirigia um sorriso de senhorita tímida a meu primo, que, implacável como um beduíno, seguia adiante sem olhar para direita nem esquerda, a não ser para lançar um desses palavrões que obriga até as bestas da selva a emudecer. Pobre Guillermo Emilio! Se soubesse para que se apressava!...

No dia seguinte cruzamos um bosque de ébanos; em seguida descemos até um vale e ao cruzar um rio lamacento, um crocodilo, que tinha a cabeça em forma de corneta, pegou um carregador por uma das panturrilhas e o levou água adentro, e pudemos ver quando outro crocodilo, precipitando-se sobre ele, levou um de seus braços. A água se tingiu de vermelho, e nós nos afastamos consternados.

Sobrava agora só um carregador malgaxe, com cara de gato de cobre, que mantinha a carapinha em tranças que lhe caíam sobre a testa como franjas de um cobertor.

No terceiro dia de nossa expedição alcançamos o topo de um monte, cuja planície parecia vitrificada, de pedra negra, escorregadia como a borda de uma garrafa. Abaixo se via o mar de selva, e adiante, muito longe, o confim aquoso do Oceano Índico. Apesar de estarmos no verão, lá em cima fazia frio. Depois de caminhar com dificuldade durante duas horas por aquela escura planície cristalina, completamente desmatada, começamos a descida por um vale arborizado, verde como se tivesse sido coberto por grandes retalhos de veludo verde caturrita. Um grande pássaro azul cruzou diante de nós guinchando asperamente, e começamos a descer, mas de repente fomos envolvidos por uma nuvem de estanho; salivávamos, e quando nos decidimos, quase sem tempo de nos refugiarmos sob um penhasco, rebentou uma tempestade terrível. Centelhas verticais conectavam o céu e a terra, torvelinhos de água faziam rodar trombas d'água no espaço, e os trovões e a noite nos mantinham encolhidos debaixo de uma rocha. Subitamente, aquele monstruoso teto de escuridão se partiu, e o céu azul apareceu novamente, com um sol cintilante de alegria. Eram duas da tarde. Nos despimos e colocamos nossas roupas para secar ao sol, e pela primeira vez desde a saída de Tananarivo ouvimos o rugido curto, parecido com o latido de um cachorro afônico. Era um casal de panteras que caçava perto de nós. Jantamos vários punhados de arroz fervido na água com um pouco de azeite e bebemos várias tigelas de cacau. Em seguida fomos dormir. No dia seguinte chegaríamos ao lugar onde florescia a orquídea negra.

Detesto detalhes supérfluos. Naquela sexta, às dez da manhã, estávamos a um passo da orquídea negra. Agib nos havia guiado até um estreito caminho atravessado de troncos apodrecidos de ravenalas e acácias. Esse caminho dava em uma parede de rocha, mas era coberto também por um tapete de musgo, e ali, no fundo, caído sobre o rochedo, via-se um tronco apodrecido, tão deteriorado, que não se podia precisar a que espécie vegetal pertencia. E desse tronco saía um talo, e na ponta desse talo... jamais tinha visto nada tão maravilhoso, nem pintado!

Era uma estrela de pontas franzidas, talhada em um tecido de veludo negro bordeado por uma grinalda de ouro. Do centro desse lânguido cálix, imenso como a sombrinha de uma gueixa, surgia um bastão de prata salpicado de carvão e rosa.

Todos lançamos um grito de admiração. Guillermo Emilio se aproximou, analisou o tronco, o removeu muito facilmente com uma alavanca, tirou do bolso um punhado de moedas de prata, repartiu entre Agib e o carregador malgaxe e disse a eles:

— Retirem-na cuidadosamente. Se chegarmos a Tananarivo com a flor completa, lhes darei o dobro.

Armados de machados e alavancas, Agib e o malgaxe começaram a separar o tronco de sua base musgosa. Guillermo e eu demos início à construção de um andor de bambu com sua correspondente cobertura.

— Este exemplar nos renderá pelo menos vinte mil dólares — murmurava Guillermo, enquanto atava as varas.

Nunca escutei um grito de terror como aquele. Pulei na direção da orquídea, e ali, acima da parede, vi o menino muçulmano com a cara cruzada por um látego de óleo preto; de repente esse látego de óleo preto cruzou o espaço e já não o vimos mais. Um duplo filete de sangue escorria pela bochecha de Agib.

Tudo que fizemos foi inútil. Coberto de suor sanguinolento, estremecendo continuamente, poucos minutos depois Agib morria. Tinha razão. Uma serpente negra se ocultava sob o tronco da orquídea.

Estaria mentindo se dissesse que a morte do "Olho de Alá", como o chamávamos de forma um pouco debochada, nos importou. Estávamos envenenados pela ganância. Vinte mil dólares dançavam agora em nossa mente. O próprio malgaxe havia saído de sua apatia oriental, e duas horas depois, não sem antes matar uma aranha venenosa, gorda como um sapo, colocamos no andor o tronco da orquídea.

E com essa preciosa carga, uma semana depois entrávamos no muquifo de Taman.

— Deixe comigo; eu falo com ele — disse o primo Guillermo Emilio.

Recordo que Taman foi ao nosso encontro extremamente pálido. Já tinha notícia da morte do filho de sua irmã.

Mas chamou minha atenção ele não ter se dignado a dar uma só olhada na preciosa flor, cuja grinalda de ouro enchia a miserável sala revestida de tapeçarias baratas e tapetes mesquinhos de um monstruoso encanto de sonho chinês. Nos olhávamos todos em silêncio. Então Taman disse:

— Onde deixaram o filho de minha irmã?

Creio que o primo Guillermo empregou cinco mil palavras para explicar a Taman o fim do "Olho de Alá". Mexendo na barba, o que é um perigoso sinal em um muçulmano robusto, Taman escutava Guillermo, e quanto mais profundo era o silêncio de Taman, mais impaciente e volúvel era o falatório de Guillermo. E de repente Taman, de quem, por sua educação requintada, não se esperava esta reação, pegou um porrete, e erguendo-o sobre a cabeça de Guillermo, disse:

— Cão maldito! Come essa orquídea!

— Taman! — suplicou o primo Guillermo —, Taman, entenda-me, nem tu, nem eu, nem ele teve culpa! Quanto a comer essa orquídea, não diga besteiras. Comerias vinte mil dólares?

— Come essa orquídea, eu disse!

— Vamos nos entender, Taman: teu querido sobrinho...

— Vais comer essa orquídea, cão!

O tom de voz que Taman empregou desta vez foi aterrorizante. Prova de que o primo Guillermo percebeu isso foi o fato de que sem nenhum pudor se ajoelhou diante de Taman, e agarrando sua djellaba, disse a ele:

— Escute-me, honorável irmão...

Uma sombra de ferocidade atravessou o rosto de Taman. Guillermo Emilio viu essa sombra, e com infinita tristeza se dirigiu ao andor onde a orquídea negra deixava cair seu pontudo cálix de veludo e ouro.

— Taman, pensa...

— Come! — berrou Taman.

Então, pela primeira e provavelmente última vez na vida, vi um homem comer vinte mil dólares. O primo Guillermo arrancou a orquídea de seu tronco, e com a desesperação de quem devora suas próprias entranhas começou a morder e engolir o suntuoso tecido da flor. Quando Guillermo terminou de comer o último pedacinho de veludo e ouro, Taman saiu do muquifo em silêncio, e Guillermo desmaiou.

Esteve dois meses doente do estômago, e quando se acreditou que estava curado, uma peste curiosíssima começou a cobrir sua pele de manchas negras com bordas bronzeadas em todas as partes do corpo, e ainda que vários médicos suspeitem que se trata de uma afecção nervosa, nenhuma autoridade sanitária permite que o primo Guillermo deixe a ilha onde "comeu sua fortuna".

Os bandidos de Uad-Djuari

Era sempre ele mesmo e não outro.

Cada vez que Arsenia e eu passávamos pela praça de Nejjarine, sentado sob um lampião de bronze vazado ao modo mourisco que adorna a fontezinha do "fondak", víamos um menino muçulmano de oito ou nove anos de idade, que, ao avistar-nos, levava a mão ao coração e muito gentilmente nos saudava:

– A paz...

Desnecessário dizer que a praça de Nejjarine não era um praça, mas um hediondíssimo monturo, pavimentado com pavorosos pedregulhos. Nos currais vizinhos transitavam o tempo todo camponesas das cabilas distantes, acomodando cargas de lenha ou de cereais no lombo de seus burros prodigiosamente pequenos. Mas este lugar, apesar de sua extraordinária sujeira, com seu arco arredondado e um esguicho de água escapando da fonte sob a lanterna mourisca, tinha tal força poética, que muitas vezes Arsenia e eu nos perguntávamos se do outro lado do arco grosseiramente murado não se encontrava o paraíso de Maomé.

E digo que tínhamos tal impressão, porque Arsenia Spoil, estudante de arquitetura, estava de acordo que o que definia a beleza daquele lugar era a lanterna de bronze. Arsenia e eu nos conhecemos no Hotel Continental, onde nos hospedávamos. Esta era a razão pela qual saíamos juntos todas as tardes. Entretanto, muitos honoráveis devotos de Maomé acreditavam que éramos recém-casados em viagem de núpcias, e, naturalmente, suas ofertas eram sempre dirigidas a mim. O mais notável no caso é que eu não estava apaixonado por Arsenia nem Arsenia pensava em envolver-se comigo. Mesmo assim, os que nos viam diziam:

– Parecem tão felizes! Como devem se amar!

Não estávamos enamorados. Tampouco imaginávamos que algum dia poderíamos estar. Falávamos com entusiasmo e grandes gestos porque Fez nos entusiasmava, porque em cada ruazinha da milenar cidade africana encontrávamos ardentes motivos para o devaneio.

– A paz...

Era o maldito menino muçulmano que nos saudava convenientemente. O pequeno, depois de nos saudar, sentou-se gravemente na beira da fonte e se pôs a mirar, com o gesto pudico de uma menina, as sandálias amarelas de pele de cabra que pendiam da ponta dos seus pés descalços. Usava um pequeno fez vermelho, elegantemente inclinado para um lado da cabeça, e uma djellabinha muito graciosa.

“Maldito seja o menino e sua graça!”, dizia a mim mesmo.

O abençoado pequenino, cada vez que nos via, levava a mão ao coração e nos saudava ritualmente.

– A paz...

Arsenia estava encantada com o garoto.

— Veja, que gracioso! — me dizia —. Que bonito! Que educado!

Eu escutava esses elogios com o ar displicente de quem de nenhuma maneira concorda com eles. O abençoado menino jamais se aproximou de nós, como outros meninos, nem para nos oferecer violões de casco de tartaruga (tartaruga sintética fabricada na Alemanha), nem carteiras mouriscas, bordadas à máquina na Catalunha, nem punhais com lendas do Corão gravadas nas Vascongadas[1], nem cigarreiras estampadas em Paris. O menino, como um cavalheiro, quando nos via levava as mãos aos lábios, à testa e ao coração, e disso não passava.

Eu, que sem razão alguma me gabava de conhecer os orientais melhor que Arsenia, dizia a ela:

— Esse menino deve ser um malandro da pior espécie. Me parece cem vezes mais hipócrita que esses outros trapaceiros que pressionam você oferecendo “lembranças” apócrifas.

— Não fale assim desse inocente — me respondia Arsenia, mal-humorada. E para grande aborrecimento da minha parte, enviava ao menino um beijo com as pontas dos dedos. E o inocente nos seguia pela ruela com a longa mirada de seus olhos aveludados.

— Onde será que vive esse rapazinho? — me perguntava Arsenia.

— Suponho que em uma caverna qualquer...

— Por que não o chama?...

— Enfim..., se você quer...

— Sim... Chame...

Eu tinha escolha? Essa manhã, quando chegamos ao triângulo de Nejjarine, chamamos o menino. Respondeu nossas perguntas dizendo que se chamava Abbul e que ganhava a vida guiando turistas.

1 Referência ao País Basco.

— Para onde guias os turistas? — disse Arsenia.

— Para a Casa da Grande Serpente.

— A Casa da Grande Serpente! O que é isso?

— Bom, escute-me, senhor, e saberás — disse o menino —. Meu pai, que é um excelente homem da cabila de Anyera, tem uma serpente de onze varas de comprimento metida em um poço coberto com uma tampa de vidro. Todos os dias, às dez da manhã, a serpente devora um cabrito vivo. Sempre há forasteiros e turistas curiosos para ver como a Grande Serpente engole um cabrito vivo, e como reage o cabrito no fundo do poço quando vê a Grande Serpente se aproximando com a boca aberta...

Olhei para minha amiga como se dissesse: "Não disse que este menino é um notório canalha?". Mas Arsenia nem se dignou a olhar para mim... Inclinada sobre o menino que olhava pudicamente a ponta das sandálias amarelas, disse:

— Que horrível! Isso deve ser terrível!...

O pequeno Abbul sorriu como uma colegial tímida, e respondeu:

— A serpente abre uma boca espantosa e o cabrito chora num canto... A boca do poço está sempre rodeada de turistas...

— É horrível — insistiu Arsenia. E lembrando-se de olhar para mim, disse: — O que você acha de irmos?

—Vamos.

—Tu nos acompanha — disse ao garotinho recatado como uma colegial. E partimos os três, enquanto Arsenia, de maneira um pouco histérica, se sentia na obrigação de me dizer:

— Acho que não vou suportar isso. Acho que vou desmaiar. Mas será verdade mesmo, Abbul, que a serpente tem onze varas de comprimento? O garotinho muçulmano asseverou gravemente:

— Onze varas. Pode devorar uma ovelha gorda, arrebentar um cavalo, entristecer um elefante.

— A polícia não deveria permitir isso — disse Arsenia. E acrescentou, estremecendo: — Fica muito longe daqui?

— Oh, não, senhora! — disse o pequeno Abbul —. Cruzando o Uad-Djuari, no caminho de Fez a Taza.

— Se pegássemos um carro...

— Não — replicou o menino —. Em quinze minutos de caminhada estaremos lá.

Entramos em um túnel que era uma ruela cujo tortuoso trajeto, coberto por arcos de tijolos, era povoado de figuras misteriosas. Deixamos para trás a ensanguentada porta de Bab Merod, em cujas seteiras se expunham as cabeças dos executados. Paramos para beber uns refrescos em uma tenda de juncos na entrada do cemitério de Bab Fetoh. Sob uma gigantesca árvore, de espessa folhas verdes, grupos de mulheres encapuzadas conversavam animadamente e bebiam chá verde que um escravo negro preparava na beira do fosso, em um fogareiro de bronze que carregava nas costas.

O garoto muçulmano caminhava à nossa frente, e Arsenia e eu, imersos em nossos pensamentos, que giravam encantados em torno da paisagem, nos afastamos insensivelmente das muralhas da cidade.

Pouco depois cruzamos com vários tuaregues empoleirados no lombo de seus camelos, e logo nos encontramos diante de uma pontezinha rústica, de troncos verdes, que cruzava o Uad-Djuari, rio das Pérolas. A lâmina de prata viva se perdia na escuridão ramificada de um bosque próximo.

— Fica muito longe?

—Não — respondeu o menino —; fica ali, junto ao moinho de azeite.

Havíamos entrado em um caminho completamente bloqueado por oliveiras retorcidas que, subitamente, se transformou em uma trilha áspera e selvagem. Arsenia tinha as bochechas ligeiramente coradas. O maldito menino caminhava agora a passos largos. De repente, os cascos de um cavalo ressoaram atrás de nós; nos viramos e pudemos ver um grupo de mouros que parecia brotar do olival. Não tive dúvidas. Eram bandidos. Quis levar a mão ao cinto, mas um daqueles vigorosos desalmados precipitou seu cavalo sobre mim; sua mão direita esgrimia um porrete; senti o hálito quente do potro no meu pescoço, e se não tivesse me encolhido a tempo, creio que esse demônio teria quebrado minha cabeça com uma cacetada. Levantei os braços, e um dos bandidos me tomou o revólver. Então o chefe do grupo disse que eu podia baixar os braços.

O mocinho muçulmano, recatado e envergonhado como uma menina, havia desaparecido.

Arsenia e eu nos olhávamos estupefatos. Compreendemos. Tínhamos caído em uma armadilha. Fomos sequestrados... Sequestrados às portas de Fez!... Que horror! Angustiados, partimos, rodeados por aquele punhado de ladrões, com negra barba encaracolada no queixo e cimitarra de cabo dourado na cintura.

Sequestrados nas portas de Fez! Parecia mentira.

Liderava a marcha um bandido de lança comprida apoiada no estribo de seu potro. Em alguns momentos, os beduínos confidenciavam uns com os outros, aproximando as cabeças protegidas por robes listrados de cores brilhantes. Eu tinha tomado o braço de Arsenia, por cujas bochechas coradas corriam lágrimas de terror. Mas não pensava nela. Pensava em mim; pensava que minha família não pagaria nenhum centavo de resgate pela minha pessoa. Logo censurei meu egoísmo e pensei na situação de Arsenia. Era talvez ainda mais desesperadora que a minha naquele país em que ainda se compravam escravas...

Finalmente, cruzando o arborizado olival, chegamos a uma choça cuja sólida porta foi aberta por um escravo seminu. Arsenia e eu entramos. O interior de nossa prisão, em contraste com o miserável aspecto exterior, era decentemente decorado. Finas esteiras adornavam as paredes. Sobre os tapetes se esparramavam alguns almofadões, e em uma mesinha escarlate havia um maço de cigarros turcos.

Arsenia deixou-se cair sobre um almofadão e começou a chorar silenciosamente. Sentei ao seu lado e tratei de consolá-la.

— Querida Arsenia, não chore. Essa gente se limitará a pedir um resgate. Nada mais. Quem pode perder a cabeça nesta aventura sou eu, porque minha família não pagará um centavo, porque não tem... Fique tranquila... Não tema...

Arsenia encontrou forças para sorrir entre as lágrimas, e disse:

— Nunca, Alberto, nunca! Não lhe abandonarei. Você tinha razão. Aquele menino...

— Não me fale do menino, por favor!

Subitamente a porta se abriu e apareceu o chefe dos bandidos. Para nossa grande surpresa, era um patife francês de baixa estatura, calvo como um farmacêutico e com óculos cavalgando sobre um nariz extremamente arrebitado. Parou no meio da sala e disse:

— Senhorita, cavalheiro: muito prazer.

Nos levantamos. O chefe dos bandidos prosseguiu em correto francês:

— Senhorita, cavalheiro: entre as numerosas pessoas abastadas que visitam Marrocos, há oitenta por cento que diz: "É uma grande lástima que a civilização, a gendarmeria, os chefes políticos, o protetorado e as ferrovias tenham feito desaparecer os bandidos. Grande lástima não viver na época em que se podia encontrar uma aterrorizante aventura em torno de cada souk". Pois bem: eu e estes honrados crentes que os sequestraram nos dedicamos a explorar a emoção do sequestro. Detemos violentamente, como se fôssemos bandidos autênticos, as pessoas que por suas idiossincrasias nos parecem inclinadas a ideias românticas, e, em seguida, as colocamos em liberdade sem exigir absolutamente nada em troca dessa liberdade que por um dramático momento acreditam ter perdido. Se os "sequestrados" quiserem nos remunerar pelo trabalho que tivemos para lhes emocionar e proporcionar uma aventura que poderão narrar prazerosamente em suas casas, recebemos agradecidos o que quiserem nos dar. Se não querem nos remunerar, lhes desejamos da mesma forma uma feliz viagem e colocamos à disposição o carro que a casa oferece aos turistas.

E abrindo a porta nos mostrou uma moderníssima "limousine" parada à porta da choça.

— Então vocês não são bandidos? Então podemos ir?

— Isso mesmo, cavalheiro... — O chefe dos bandidos tirou o relógio do bolso, e acrescentou: — Vai ser meio-dia e meia. À uma se almoça no Hotel Continental...

O que eu podia fazer? Coloquei a mão no bolso.

— Quanto lhe devemos? — repliquei entre rude e contente, pois nem sonhava em sair tão facilmente dali.

Monsieur Lanterne, que assim se chamava o chefe dos bandidos, deu um sorriso amável e disse:

— Duzentos francos... Uma bagatela em moeda americana. Incluída a viagem de volta no carro.

No outro dia, quando passei com Arsenia pela praça de Nejjarine, sentado sob o lampião de bronze da fonte estava o maldito e pudico menino do "fondak". Assim que nos viu, baixou os olhos como uma colegial tímida, e como se nada tivesse acontecido, disse, levando a mão ao coração:

— A paz...

“Vem, minha ama Zobeida quer falar contigo”

— Te levarei ao palácio de El Menobi?

— Não.

— E ao palácio de Hach Idris ben-Yelul?

— Não.

— Não desejas conhecer uma jovem de olhos de lua e rosto de diamante?

— Não.

— Por Alá — gemeu o pedinte —. Não queres nada, então?

Piter se ergueu ligeiramente diante do mármore da mesa, olhou com indulgência para o esfarrapado beiçudo que, com um fez ladeado sobre a cabeça raspada o importunava há um quarto de hora, e respondeu:

— Sim, quero que me deixes em paz.

O guia olhou cavernosamente ao redor, satisfeito por não haver no Pequeno Souk alguém que pudesse prejudicá-lo, e confidenciou:

— Cuide-se com esse homenzinho que te acompanhava ontem. Ele disse a um mercador amigo meu que envenenastes tua mulher.

Piter viu a magra silhueta do guia se afastando e se perdendo atrás da multidão de tolos que se moviam frente à esquina do correio.

Então a história havia se espalhado? Agora se explicavam os significativos olhares da criada do hotel e a respeitosa apreensão do hoteleiro com as suas maletas. Não havia sido suficiente abandonar El Havre. A absurda novela do envenenamento de sua mulher o havia seguido até Tânger. Inútil ter sido absolvido da disparatada acusação. Na cidade não acreditavam em sua inocência. A morte de sua mulher derramou sobre sua cabeça inúmeras complicações. E a pior desgraça no caso é que ele estava seguro de que ela não havia tentado se suicidar, mas compor uma farsa dramática que se resolveu sinistramente por si mesma.

Buscando a paz, o médico foi a Tânger. Sabia que os homens da costa não eram hipócritas como seus concidadãos, mas, apesar de tudo, não era agradável carregar nas costas semelhante reputação. E voltou a se perguntar se ficaria em Tânger ou iria para Casablanca ou Fez, porque, de momento, os figurões do Biti el-Mal não pareciam ter intenção de usá-lo. Ainda assim, alguns o cumprimentavam. Sua história devia andar em todas as bocas.

Piter não sentiu angústia. Naquela cidadela murada, de ruas tortuosas, de sinagogas sombrias, de mesquitas com cegos nos pórticos e de fritura de peixe, de certo modo era vantajosa uma má reputação. Na África, sem honradez, pode-se chegar a algum lugar.

Um pequeno asno parou junto à sua mesa. Piter aproximou um torrão de açúcar de seu focinho. O animalzinho o pegou esticando o beiço. Logo apareceu um camponês que espantou o jumento com grandes movimentos dos braços. Uma turba coberta de cores verticais cruzava o souk de ed-Dajel. Mulheres usando calças e fumando com longas piteiras. Funcionários com turbante violeta, escravos de pernas desnudas, carregadores de água com odres suspensos nas costas, meninos das padarias carregando tabuleiros com pães sobre a cabeça.

Uma negra gigantesca como três barris empilhados se deteve brevemente ao seu lado. Tinha o rosto coberto com um pano branco. Disse a ele enquanto se inclinava como se apanhasse algo do chão:

— Tu és o médico? Minha ama Zobeida quer faltar contigo. Siga-me.

A negra se afastava sem voltar a cabeça. Piter compreendeu que por trás do convite da escrava se escondia uma arriscada aventura. Deixando um real espanhol na mesa do bar, saiu atrás da mulher. Semelhante a uma fragata, a negra avançava pela inclinada ruela dos Ourives. Alguns mercadores, sentados com as pernas cruzadas sobre almofadas à porta de suas bancas, saudavam-na desconfiados. Chegando a uma fonte, a negra entrou em um corredor rebocado de azul celeste. A noite caía rapidamente. A escrava, imperturbável como o destino, seguia seu caminho através do dédalo de passagens e Piter andava atrás dela como se sua vida se resumisse a isso.

Finalmente entraram em uma ruela resplandecente. Em cada pórtico um esfarrapado fritava peixe ou vendia canela. A ruela, coberta com grossos troncos de árvores, tinha uma atmosfera carregada de especiarias, de queijo e couro em fermentação. Homens de todas as tribos do Magrebe se amontoavam nos balcões. As mesquitas exibiam enormes pórticos onde fervilhavam fiéis; em uma esquina dois malabaristas lutavam com espadas de madeira estimulados por uma multidão de esfarrapados. A negra desapareceu na curva de uma passagem. Novamente se encontrava sob o céu estrelado. Naquele corredor solitário se viam imensas portas cravejadas como as poternas de uma fortaleza, e a escrava tirou uma chave de dois palmos de comprimento debaixo de seu manto e se deteve em frente a uma porta. Piter a seguiu, como se estivesse sonhando.

Se encontravam em um jardim. Os negros troncos das palmeiras riscavam o ar. Uma forte fragrância de flor de laranjeira preenchia tudo. A escrava desapareceu e de repente, sob a rebocada saída para o jardim, apareceu Zobeida. A cabeça coberta por um véu, a estatura surpreendente, o rosto de cútis escura, infantil.

—Tu és o médico? — sussurrou a mulher.

— Sim.

— Entra.

Piter se viu em uma sala repleta de esteiras, o chão atapetado coberto de almofadões. Pequenas mesinhas laqueadas de vermelho facilitavam o acesso a bugigangas de bronze. O ar cheirava ao mesmo tempo a sândalo, a jasmim, a incenso e a flor de laranjeira. Piter se sentia embriagado de uma essência misteriosa mais sutil, que parecia flutuar permanentemente sob o volume dos odores imediatos. Espingardas de canos niquelados e culatras incrustradas de nácar adornavam as panóplias nas paredes. Zobeida lhe indicou uma almofada e Piter sentou ao mesmo tempo que ela. A garota apanhou uma caixa de prata e lhe ofereceu um bombom.

Tinha cheiro de almíscar, sabor de gordura, frieza de menta. A garota ficou um longo tempo olhando para ele, como se avaliasse suas más virtudes. Então:

— Tu és o médico que envenenou sua mulher?

— Quem te disse essa mentira? — replicou Piter com suavidade.

Zobeida sorriu. Examinava-o com intimidade.

— És bonito como a boa sorte. Gosta de pedras preciosas?

Pegou uma caixinha de marfim, girou uma chavezinha, levantou a tampa. No fundo aveludado cintilavam pequenos cristais azuis, gemas chanfradas de amarelo, poliedros aquosos.

Piter, completamente desinteressado da caixinha, pois não entendia nada de pedras preciosas, a afastou suavemente.

— Em que posso ajudá-la?

Zobeida soltou a urna e com aquela imensa intimidade que emanava de seu modo de ser, como se conhecesse Piter há muito tempo e não duvidasse de sua discrição nos negócios, disse:

— Necessito de um veneno bondoso como uma enfermidade.

— Que farás com ele?

— Darei para meu marido beber.

— Não gosta de teu marido?

— Não.

— Eu não posso te dar veneno. As leis me proíbem. Além disso, te descobririam e te levariam à prisão. Ou teu pai, para lavar a honra, se veria obrigado a cortar tua cabeça.

Zobeida riu.

— Em Tânger já não se corta a cabeça das mulheres. Te darei um grande punhado de pedras.

— As pedras não me interessam. Quem é teu marido?

— Sidi Fodil, o cambista do Pequeno Souk.

— Não o conheço.

— É um homem mau, de gênio exaltado. Tem uma corcunda nas costas e um turbante maior que uma pedra de moinho na cabeça.

— Não o conheço.

— Ajude-me, tu tens conhecimento. Não te agrado?

— É inútil insistir, Zobeida.

Não admitia não cumprir seu desejo. Segurando um dos joelhos, buscou outro caminho.

— Enfeitice-o, então.

— Quer que eu o enfeitice?

— Sim.

Piter ia negar a existência de feitiços, mas mudou de ideia. Ela não entenderia suas razões. Fingiu.

— Que me darás se o enfeitiçar?

— Me casarei contigo. Tu me levarás à França, e me ensinará a ler e escrever como todas as francesas sabem fazer. Então poderei sair à rua sem cobrir o rosto.

— Como sabes que sou médico?

— Disseram a Aischa no ed-Dajel, quando tu passavas, na outra noite. Que escapastes de teu país porque envenenastes tua mulher.

Piter tratou de olhar no fundo daqueles olhos esverdeados.

— Gostaria de casar comigo?

— Sim.

A negra entrou na sala. Zobeida disse ao médico:

— Aischa foi minha babá.

A escrava disse algumas palavras em árabe a sua ama. Zobeida se pôs de pé.

— Tens que ir. Enfeitiçarás mesmo Sidi Fodil?

— Sim. Amanhã mesmo.

— Ótimo; agora vá. Amanhã, Aischa passará por ed-Dajel na mesma hora de hoje. Siga-a. Não fale com ela.

E estendendo os braços se pendurou no seu pescoço e beijou suas faces.

Quando Piter ouviu a porta que se fechava atrás dele teve a impressão de que acabava de despertar de um sonho. Começou a caminhar como se andasse sobre um chão de algodão. De repente, saiu debaixo de um arco o guia que o havia importunado no souk. Como sempre, começou:

— Queres visitar o palácio de Hach Idris ben-Yelul?

— Não. Leve-me ao Pequeno Souk.

No dia seguinte foi ao souk para conhecer Sidi Fodil. Em ed--Dajel não deveriam traficar simultaneamente dois mercadores corcundas. Começou a passear lentamente, quando percebeu que um corcundinha, sumamente teso na porta de sua loja, o observava. Usava, como havia dito Zobeida, um turbante ridículo.

Piter continuou passeando pela larga rua que levava às muralhas; então, sem nenhum propósito aparente, voltou sobre seus passos e se deteve frente ao comércio do agiota; mas, virando dissimuladamente os olhos, descobriu o corcundinha olhando para ele. Então, rapidamente, mostrou-lhe a língua. O agiota arregalou os olhos; Piter, divertido, virou com gravidade a cabeça para o outro lado, e o corcundinha ficou olhando de soslaio como se duvidasse do que realmente tinha visto. Assim passaram alguns minutos. Piter parecia estar aguardando alguém. De repente olhou para trás; o corcundinha estava ali o observando, então mostrou-lhe outra vez um palmo de língua.

O agiota enrubesceu de fúria até a raiz dos cabelos, se endireitou até empinar-se na ponta dos pés, mas em seguida, pensando melhor, resolveu não se dar por achado, e enquanto grossas gotas de suor escorriam por suas têmporas, fingiu olhar ao redor, como se não tivesse reparado na existência de Piter. Este, novamente sério, permaneceu na esquina. No entanto, a indignada curiosidade de

Sidi Fodil foi mais forte que seu esforço por fingir indiferença e antes que transcorresse um minuto estava outra vez com o olhar cravado no médico, que colocando rapidamente o polegar no nariz mexeu os outros quatro dedos com o zombeteiro gesto do "pito catalán"[1].

Uma lufada de ira envolveu em seu turbilhão a orgulhosa alma do corcundinha. Esqueceu sua loja e também a exígua estatura de seu corpo. Rangendo os dentes, se lançou para atravessar a rua, e naquele exato momento um grande grito de horror escapou dos lábios de Piter. Um automóvel cheio de turistas acabava de passar com suas rodas em cima do infeliz mercador.

---

1 Gesto desaforado que consiste em colocar o polegar na ponta do nariz e mexer os outros quatro dedos da mão – como descrito no texto.

História do senhor Jefries e Nassin, o Egípcio

Não exagero se afirmo que vou contar uma das aventuras mais extraordinárias que podem ter acontecido a um ser humano, e esse ser humano sou eu, Juan Jefries. Também vou contar por qual motivo desenterrei um cadáver do cemitério de Tânger e porque matei Nassin o Egípcio, conhecido de muita gente por seu amor pela magia.

Já teria esquecido essa história se não tivesse reativado sua lembrança um filme de Boris Karloff intitulado "A múmia", que vimos uma noite e comentamos com vários amigos.

Entabulou-se uma discussão em torno de Boris Karloff e da inverossimilhança do tema do filme, e por causa disso recordei a terrível história de um drama obscuro em que me envolvi em Tânger, e garanti a meus amigos que a trama de "A múmia" seria possível, e, em seguida, contei a eles minha aventura, atribuindo-a a outro, porque eu não podia, pessoalmente, orgulhar-me de ter assassinado a tiros Nassin o Mago.

Tudo aquilo aconteceu poucos meses depois de eu ter assumido o consulado de Tânger.

Era, então, um jovem atordoado, que ocultava seu atordoamento sob uma camada de gravidade sumamente frágil.

A primeira pessoa que se deu conta disso foi Nassin o Egípcio.

Nassin o Mago vivia na rua dos Ni-Ziaguin, e vendia ervas medicinais e tabaco. Quer dizer, a banca de tabaco ficava ao lado da loja, mas pertencia a ele, assim como o comércio de ervas medicinais atendido por um negro gigantesco, cuja estatura inquietante escondia no fundo escuro da espelunca uma transparente cortininha de gaze vermelha.

Nassin o Egípcio era um homem alto. No estilo de seus compatriotas, tinha as costas largas e uma cintura de vespa. Cobria-se com um turbante de razoável diâmetro e seu rosto amarelo era picado de varíola, e a doença parecia ter sido particularmente cruel com seu nariz, o que lhe dava um aspecto repugnante. Quando estava excitado ou encolerizado, sua voz se tornava sibilante e seus olhos brilhavam como os de um réptil. Para contrabalançar essas condições negativas, seus modos eram sedutores e sua educação refinada. Jamais ficava visivelmente alterado; pelo contrário, quanto mais colérico ficava com seu interlocutor, mais fina e sibilante se tornava sua voz e mais seus olhos brilhavam.

Foi ele o homem com quem meu infeliz destino levou a travar relações.

Parei uma vez para comprar tabaco em sua banca; ia embora porque ninguém atendia o balcão, quando subitamente apareceu por cima das caixas de tabaco a cabeça de réptil do egípcio. Ao vê-lo aparecer assim, bruscamente, fiquei atordoado, como se tivesse colocado a mão sobre o ninho de uma cobra. O egípcio pareceu se dar conta do efeito que sua súbita presença causou em minha sensibilidade, porque quando saí "senti" que ele ficou olhando para minha nuca, e ainda que experimentasse a violenta tentação de virar a cabeça, não o fiz porque semelhante ato teria confirmado a Nassin seu poder hipnótico sobre mim.

No dia seguinte, porém, voltou a se repetir o diabólico jogo. Desejava vencer esse complexo de timidez que nascia em mim na presença do maldito egípcio. Violentando minha natureza, fui outra vez comprar cigarros na banca de Nassin. Como de costume, não havia ninguém no balcão; ia me retirar, quando, como se fosse disparada pela mola de uma caixa de surpresas, apareceu a cabeça de serpente do egípcio.

Me entregou o maço de tabaco saudando-me com uma sofisticada reverência, e eu me retirei sem me atrever a voltar a cabeça por entre a multidão que passava por mim, porque sabia que lá longe, no final da rua, estava o egípcio com o olhar cravado em mim.

Aquela era uma situação estranha. Antes de terminar violentamente, devia se complicar. Não me enganei. Uma manhã me detive frente à banca de Nassin. Sua cabeça assomou bruscamente por cima do balcão. Como de costume, fiquei paralisado. Nassin notou minha perturbação, a paralisia do meu coração, a palidez do meu rosto, e aproveitando aquele choque nervoso apoiou docemente suas mãos sobre as minhas e segurando-me assim, como se eu fosse uma terna garota e não um robusto sócio do Tânger Tênis Clube, me disse:

— Não viríeis esta noite tomar chá comigo? Vos mostrarei uma curiosidade que o interessará extraordinariamente.

Entreguei-lhe as moedas que lhe correspondiam por seu tabaco, e me retirei apressadamente de sua banca sem lhe responder. Estava envergonhado, como se tivessem me surpreendido cometendo uma má ação. Mas o que podia fazer? Havia cedido à secreta autoridade do egípcio.

Não me convinha enganar a mim mesmo. Nassin o Mago era o único sobre a terra que podia exercer sobre mim esse domínio invisível, vergonhoso, torturante, que se chama "ação hipnótica". Não me convinha fugir dele, porque ficaria humilhado pelo resto da vida. Ademais, meu cargo de cônsul não me permitia abandonar Tânger por capricho. Tinha que ficar ali e encarar o encontro com o egípcio e, além disso, vencê-lo.

Não havia dúvida:

Nassin queria me dominar. Me converter em um escravo seu. Para ele era indispensável que eu o obedecesse cegamente, como se fosse um negro que ele houvesse comprado de uma caravana de árabes. Seu convite para tomar chá era a última formalidade que cumpria para arrematar a corrente com que me amarraria a sua tremenda e misteriosa vontade.

Impacientemente esperei durante todo o dia que a noite chegasse. Estava angustiado e irritado, como se duas naturezas opostas entre si combatessem em mim. Lembro que revisei cuidadosamente minha pistola automática e lubrifiquei suas molas. Ia travar uma luta sem tréguas; Nassin me dominaria, e então eu cairia a seus pés e beijaria o chão que ele pisava, ou eu triunfaria e faria sua cabeça voar em pedaços. E para que, efetivamente, sua cabeça pudesse voar em pedaços, recordo que levei a um ferreiro as balas de aço da minha pistola e mandei transformá-las em dum dum[1]. Queria ver voar em pedaços a cabeça de serpente do egípcio.

Às dez da noite liguei o carro, e depois de deixar para trás a praia e as muralhas da época da dominação portuguesa, parei em frente à loja do egípcio. Como de costume, não estava ali, mas logo sua cabeça apareceu atrás do balcão e seus olhos brilhantes e frios me encaravam imóveis, enquanto suas mãos, deslizando sobre os pacotes de tabaco, tomaram as minhas. Ficou me olhando, assim, um instante, como se eu fosse o princípio e o fim de sua vida; em seguida, abandonou apressadamente o balcão, abriu uma portinhola, e fazendo uma imensa reverência, como se eu fosse o Comendador dos Crentes, me fez passar ao interior da loja; afastou uma cortininha dourada e me vi em um corredor escuro. Um negro gigantesco, mais alto que uma torre, barrigudo como uma baleia, pegou minha mão e me conduziu até uma sala. Era o negro que atendia na tenda das ervas medicinais.

Entrei na sala. O chão estava coberto de tapetes, almofadas, almofadões, esteiras. Em um canto fumegava um caldeirão; sentei em uma almofada e esperei.

Quanto tempo permaneci ensimesmado, talvez pelo efeito aromático das ervas que fumegavam e se consumiam no caldeirão, não sei. Ao levantar as pálpebras, surpreendi o egípcio sentado à minha frente, de cócoras. Me olhava em silêncio, sem irritação nem malevolência, mas com sua mirada fria, tão ultrajante por sua frieza que produzia em mim desejos raivosos de execrar sua cara com os insultos mais atrozes. Mas não abri os lábios e segui com os olhos um sinal de seu dedo indicador: apontava para uma bola de vidro.

---

1 Também chamadas de balas expansivas, as balas dum dum geralmente têm a ponta oca, o que potencializa seu impacto destrutivo.

A bola de vidro parecia iluminada em seu interior por um brilho esférico que aumentava insensivelmente à medida em que se fazia mais e mais escura a penumbra da sala. Houve um momento em que não vi mais o egípcio nem as espessas cortinas ao redor, apenas a bola de vidro, um vidro que parecia de chumbo transparente, que se transformava em uma placa de prata cintilante e única num interminável mundo negro. E eu não tinha forças para afastar os olhos da bola de vidro, até que de repente me dei conta de que o egípcio me transmitia um desejo claro e concreto:

"Vá ao cemitério cristão e traga-me o caixão onde hoje uma jovenzinha foi sepultada."

Me pus de pé; o negro gigantesco se curvou na minha frente enquanto afastava a cortina dourada que me permitia sair da tabacaria, entrei no carro, e, sem vacilar, me dirigi ao cemitério.

Era uma ideia minha o que eu acreditava ser um desejo de Nassin? Estava transtornado e atribuía ao egípcio certas fantasias monstruosas que nasciam em mim?

Os procedimentos da magia negra são, apesar da incredulidade dos racionalistas, processos de sugestão e de incremento da nossa própria ferocidade. Os magos são homens de uma crueldade ilimitada, e exercem a magia para aumentar sua crueldade, porque a crueldade é o único gozo efetivo que lhes é dado saborear sobre a terra. Está claro: nenhum mago pode colocar em jogo ou se fazer obedecer por forças cósmicas.

"Vá ao cemitério cristão e traga-me o caixão onde hoje uma jovenzinha foi sepultada". Era uma ordem do mago ou uma sugestão nascida do meu desequilíbrio?

Logo teria a prova.

Dirigi meu automóvel até o cemitério cristão. Era segunda, um dos quatro dias da semana em que não é feriado em Tânger, porque a sexta é o domingo muçulmano; o sábado, o domingo judeu; e o domingo, o domingo cristão.

Chegando ao cemitério, parei o carro frente a uma parte do muro derrubada poucos dias antes por um caminhão que havia batido ali; afastei algumas tábuas e, pegando uma maça e um cinzel da minha caixa de ferramentas, passei a vagar por entre as sepulturas. Onde estava sepultada a jovem, eu não sabia; caminhava ao acaso até que de repente senti uma voz que murmurava no meu ouvido:

"Aqui."

Estava frente a uma cripta cuja grade rapidamente forcei. Derrubei, valendo-me da maça, várias lápides de mármore de seu interior e destampei um ataúde. Sem hesitar, coloquei a caixa fúnebre nas costas (foi um milagre que ninguém tenha me visto, porque a lua brilhava intensamente), e esmagado como um contínuo pelo peso do ataúde, saí vacilante, coloquei-o no meu carro e me dirigi novamente para a casa do egípcio.

Vou interromper meu relato com esta pergunta:

— O que vocês fariam se um cliente lhes trouxesse, à meia-noite, um morto metido dentro de um ataúde?

Estou certo de que o expulsariam com gestos enfurecidos, não é? De modo algum vocês permitiriam que o cliente entrasse em suas casas com o cadáver de um desconhecido.

Pois bem; quando eu parei na frente da casa do mago egípcio, este apareceu na porta e então, em vez de me expulsar, me recebeu atenciosamente.

Era tarde da noite, e não havia perigo de que alguém nos visse. O egípcio abriu apressadamente as folhas da porta, e quase sem sentir a tremenda carga do ataúde, depositei o caixão no chão e com um lenço, tranquilamente, enxuguei o suor da testa.

O egípcio voltou armado de um pé-de-cabra, enfiou a cunha entre as juntas da tampa do caixão, e logo o ataúde inteiro rangeu e a tampa voou pelos ares.

Cometida esta violação, o egípcio acendeu um candelabro de três braços, carregado com três velas pretas, deixou-o inclinado em direção à Meca, e em seguida, vestindo uma estola negra bordada com signos hieroglíficos, cortou com uma faca o fino revestimento de estanho que cobria o ataúde.

Não pude conter minha curiosidade. Voltando-me sobre suas costas, me inclinei sobre o esquife e descobri que eu "casualmente" havia roubado do cemitério um ataúde que continha uma jovem.

Não tive mais dúvida:

O egípcio se dedicava à magia. Era ele que havia ordenado mentalmente que eu roubasse um cadáver. Hesitar seria me perder para sempre. Enfiei a mão no bolso, tirei a pistola, coloquei o cano horizontalmente na nuca de Nassin e apertei o gatilho. A cabeça do egípcio voou em pedaços; seu corpo, ajoelhado e descabeçado, vacilou um instante e logo desmoronou.

Sem esperar mais, saí. Ninguém cruzou o meu caminho.

No dia seguinte, ao passar na frente da tabacaria do egípcio, vi que estava fechada. Uma plaquinha pendia da parede:

"Fechado porque Nassin o egípcio está viajando".

Sobre o autor

por Fabio B. Pinto

Roberto Arlt (1900–1942) é o primeiro grande escritor argentino moderno, o cronista de um mundo em transformação que olha com perplexidade e ironia para as grandes novidades do início do século XX, experimenta a velocidade dos bondes e a profusão das luzes produzidas através das instalações elétricas que se expandem por Buenos Aires.

É nesse centro cosmopolita e turbulento que Arlt encontra a matéria-prima de sua literatura: os pontos cegos que escapam às luzes da grande cidade, as sombras da periferia, os espaços urbanos degradados onde circulam numerosos grupos de imigrantes, prostitutas, fugitivos da lei, operários, ladrões, ofendidos e humilhados de todo o tipo. São esses os personagens que desfilam em seus romances, novelas, contos, crônicas e peças de teatro. Nos textos de

Arlt, escritos em uma linguagem absolutamente original, carregada de gírias e invenções vocabulares ouvidas nas ruas, aqueles que vivem às margens da sociedade assumem o centro do palco.

Por essas e outras razões, romances como *O brinquedo raivoso* (1926) e *Os sete loucos* (1929) e contos como "O corcundinha", "Ester Primavera" e "As feras" se apresentam aos olhos do leitor deste século como poderosos registros de época e, simultaneamente, obras carregadas de contemporaneidade. O mesmo acontece com o olhar para o cotidiano que caracteriza o conjunto de crônicas reunidas sob o título de *Aguafuertes porteñas* (1933).

Roberto Arlt escreveu de forma incessante para jornais e revistas, e não apenas sobre o dia a dia de Buenos Aires. Foi correspondente internacional e visitou brevemente o Brasil, a Espanha e o Marrocos, onde produziu suas *Aguafuertes madrileñas* (1936) e encontrou inspiração para os contos de *O criador de gorilas*. Nas ruas do Rio de Janeiro, de Barcelona ou de Tânger, o *flâneur* portenho examina o cotidiano dos cafés de bairro, as feiras livres e a trajetória errática daqueles que habitam as margens do sistema. Nas particularidades culturais e sociais de terras distantes de sua Buenos Aires natal, Arlt percebe, descreve e explora o que há de familiar e universal nas diversas periferias do capitalismo espalhadas pelo mundo.

Sobre a obra

por Fabio B. Pinto

A obra de Roberto Arlt já foi analisada a partir de diversos ângulos, e um dos menos comentados é o que corresponde a este livro. *O criador de gorilas*, série de contos elaborados por Arlt durante uma viagem à Espanha e ao Marrocos, em 1935, já foi considerado "um dos pontos mais altos"[1] da literatura argentina e uma expressão "do racismo, do colonialismo ocidental, da avareza das classes prósperas, e tudo sob a aparência de uma inocente 'cor local' africana".[2]

Esta incursão ficcional do escritor argentino por cenários do norte da África, publicada primeiramente entre 1937 e 1941 no jornal

1 PIGLIA, Ricardo. *Crítica y Ficción*. Buenos Aires: Siglo veinte, 1990, p. 131. Tradução nossa.

2 PERERA SAN MARTÍN, Nicasio. "Distancia y distanciación en *El criador de gorilas*". In.: ARLT, Roberto. *Obra completa*. Buenos Aires: Carlos Lohlé, 1980, p. 85-110. Tradução nossa.

El Mundo e na revista *El Hogar*, é fruto tanto da passagem do escritor pelo mundo árabe quanto, por exemplo, da leitura de traduções em espanhol de *As mil e uma noites*, de contos africanos recolhidos pelo etnólogo alemão Leo Frobenius e dos relatos de viagem do botânico Emilio Guinea. Também reproduz estereótipos do cinema de Hollywood, que explorava o "exotismo" oriental em filmes como *O Sheik* (George Melford, 1921) e *A múmia* (Karl Freund, 1932). A partir dessa diversidade de fontes, Arlt produz uma mistura peculiar da qual resultam, hoje, alguns elementos incômodos, como certas caracterizações pesadamente racializadas.

Em relação a isso, vale observar, por exemplo, que o homem e a mulher negros são geralmente representados como gigantescos, monumentais, desproporcionalmente grandes diante de ocidentais magros, encolhidos e macilentos; que a religiosidade é sempre motivo de especulação, em algum lugar no espectro entre o mistério insondável e a vigarice absoluta; e que quase todos os personagens, independentemente da etnia, são ao menos suspeitos de algum crime. Não há heróis e ninguém é confiável, em especial os narradores.

Também vale a pena chamar a atenção para o fato de que estes quinze contos não são apenas a representação do olhar do homem branco que adere ao ideal colonialista e reforça estereótipos de gênero e raça. São, à sua maneira, quinze monumentos à barbárie, assustadores, desconfortáveis. E são também uma rica fonte histórica: dão conta de um olhar latino-americano muito particular sobre um mapa que se reconfigura de maneira radical entre duas grandes guerras, cruelmente devastado por um velho mundo que se nega a morrer e tenta manter unhas e dentes cravados no continente africano. Até hoje.

É com esse monstro maníaco que se depara um escritor fascinado pelo mistério de um "Oriente de quimera"[3], espelho onde ele enxerga, como um famoso personagem radiofônico de sua época, "o mal que se esconde no coração dos homens"[4] e um turbilhão de cores, cheiros, texturas, sabores e sons que o espantam. Por onde passa, Arlt vê o que quer e intercala o delírio absoluto e a filigrana mais concreta, às vezes num mesmo parágrafo. É esse monstro multifacetado, essa máquina verbal inesperada, que o leitor tem diante de si.

---

3 ARLT, Roberto. "Las ciencias ocultas en la ciudad de Buenos Aires". In.: *Nuevas aguafuertes*. Buenos Aires: Editorial Losada, 1999.

4 Trecho da abertura de *O Sombra*, programa radiofônico dos anos 1930 estrelado por Orson Welles.